Susann Nitz · Milli in Gefahr

Susann Nitz

Milli in Gefahr

mediaKern

Bibliografische Information der Deutschen Nationalbibliothek
Die Deutsche Nationalbibliothek verzeichnet diese Publikation in der Deutschen Nationalbibliografie; detaillierte bibliografische Daten sind im Internet über http://www.dnb.de abrufbar.

ISBN 978-3-8429-2641-7
Bestell-Nr. 5.122.641

Umschlagbild: Getty Images / anatoliy_gleb
Umschlaggestaltung: Ch. Karádi
Layout und Satz: Ch. Karádi
Gesamtherstellung: Drukarnia Dimograf, Bielsko-Biała, Polen
Printed in the EU 2017
www.media-kern.de

1. Kapitel

»Emilia!«

Milli zuckte zusammen. Wenn Mama sie so rief, dann hatte es einen wichtigen Grund oder Milli hatte irgendetwas falsch gemacht.

Sie überlegte. Nein, an etwas Falsches konnte sie sich nicht erinnern. Sie hatte heute ihr Frühstücksbrot gegessen und ihr Zimmer war auch aufgeräumt. Dann musste es sich um etwas Wichtiges handeln. Milli verabschiedete sich schnell von Joe.

Joe hieß eigentlich nicht Joe, sondern Jonathan. Aber es gab eine Phase in der Grundschule, in der Jonathan sich intensiv mit Cowboys beschäftigt und darauf bestanden hatte, ab sofort nur noch »Joe« zu heißen. Die Cowboy-Phase hielt nur zwei Wochen, aber der Name »Joe« blieb.

Milli und Joe waren seit dem ersten Schultag beste Freunde. Eigentlich wollte Milli gern neben einem Mädchen sitzen, aber Frau Köhler, ihre Klassenlehrerin, setzte sie am Tag der Einschulung neben Joe. Sie bat an diesem Tag Milli und Joe, in das Lehrerzimmer zu gehen und einige Zettel zu holen. Das taten die beiden Kinder, aber dann stolperte Joe mit dem Stapel Papier auf der Schultreppe und sämtliche Zettel fielen ihm aus der Hand. Das Problem war nur, dass der Boden nicht ganz trocken war, weil die Putzfrau gerade frisch gewischt hatte, und einige Zettel waren nun nass. Joe erschrak, aber Milli hatte die rettende Idee, die Zettel in der Mädchentoilette mit dem Handtrockner zu trocknen. Und es gelang ganz gut, etwas wellig waren sie noch, aber Frau Köhler schien das nicht zu merken.

Seit diesem Tag war Joe von Milli beeindruckt und die beiden wurden dicke Freunde. Und auch jetzt, in der fünften Klasse auf dem Gymnasium, waren sie unzertrennlich.

Joe wohnte nur eine Straße weit von Millis Zuhause entfernt mit seinen Eltern und seinen großen Schwestern Sina und Nina. Die Schwestern waren 16-jährige Zwillinge, die ihren Bruder ordentlich verwöhnten. Milli gelang es immer noch nicht ganz, die beiden auseinanderzuhalten.

Als Joe sich jetzt auf den Heimweg machte, rief er Milli noch nach: »Aber morgen kommst du zu uns. Du musst unbedingt Onkel Thomas kennenlernen.«

»Ja, weiß ich doch!«, rief Milli ihm hinterher.

Joe hatte ihr schließlich schon wochenlang von Onkel Thomas vorgeschwärmt, der aus Berlin hierher ziehen würde zu Joes Eltern. Er hatte durch einen Unfall vor einem Jahr sein Bein verloren. Und Joes Papa, der Arzt in einer Klinik hier in Kiel war, hatte ihm dort eine Arbeit als Pförtner besorgt.

Milli rannte hinüber zum Kiosk. Dieser gehörte Mama, sie hatte ihn von Papas Erbe gekauft. »Damit wir eine Zukunft haben«, hatte sie zu Milli gesagt, obwohl Milli damals vor zwei Jahren wirklich nicht wusste, wie diese Zukunft ohne Papa aussehen sollte. Als Papa starb, ging es ihnen beiden sehr schlecht. Und dann begann Mama die Arbeit in dem Kiosk. Und langsam hatte sie wieder Mut gefasst, das merkte Milli, denn sie regte sich wieder darüber auf, dass Milli ihr Zimmer nicht aufräumte und manchmal ihre Hausaufgaben vergaß. Als es Mama so schlecht ging, hatte Milli sogar sehnsüchtig darauf gewartet, dass Mama sie endlich einmal wieder ausschimpfen würde wegen des unordentlichen Zimmers oder irgendetwas anderem. Sie vergaß sogar manchmal absichtlich die Hausaufgaben und räumte ihr Zimmer nicht auf. Doch Mama schimpfte nicht. Als Mama dann wieder damit anfing, war Milli komischerweise glücklich darüber. Aber mittlerweile war es ihr nicht mehr so recht, dass Mama sich für unaufgeräumte Zimmer und fehlende Hausaufgaben interessierte.

Milli kam ganz außer Atem im Kiosk an. Mama stand hinter der kleinen Verkaufstheke. Sie hatte die Arme verschränkt und machte ein ernstes Gesicht.

Und vor der Theke stand Oma.

Ach ja, Oma! Das war der dritte Grund, wenn Mama sie mit »Emilia« rief.

Oma lächelte ihr zu. Dabei kniff sie ihre Augen zusammen, sodass die dunkelblaue Farbe auf ihren Augenlidern wie zwei lange dicke Striche aussahen. Ihr dunkelrot geschminkter Mund öffnete sich, und sie lachte.

»Hallo Süße!« Oma bückte sich und fiel fast hin. Schließlich trug sie wieder ihre hochhackigen Schuhe und einen engen Rock. Sie öffnete ihre Arme und Milli ging bereitwillig auf sie zu und ließ sich von ihr umarmen.

Oma roch wieder ganz extrem nach ihrem Lieblingsparfum, irgendeine Mischung aus Zimt und Veilchen. Milli musste niesen, das musste sie immer, wenn dieser Geruch in ihre Nase stieg.

Und Oma fragte wie immer: »Bist du erkältet, Liebling?«

Milli löste sich aus der Umarmung. »Nein, Oma, bin ich nicht.«

Oma schaute sie aus ihren perfekt geschminkten Augen an. »Dann ist es ja gut, Milli. Ich möchte nämlich gern mit dir verreisen. Du hast doch morgen deinen letzten Schultag und dann Ferien. Wir könnten nach Ibiza fliegen für zwei Wochen. Was hältst du davon?«

Milli versuchte, ihre blonde Haarsträhne hinter das Ohr zu legen. Das tat sie immer, wenn sie verlegen war. Letztes Jahr war sie mit Oma auf Ibiza gewesen. Einerseits war es ja ganz schön gewesen, jedenfalls das Schwimmen im Meer. Aber das Hotel, na ja ... Es war riesig und ganz vornehm, eben so vornehm, dass man dort nicht laut sein und nicht rumrennen durfte, und beim Essen ganz genau aufpassen musste, dass man nicht kleckerte. Das war Milli zu anstrengend. Deshalb hatte sie wenig Lust, mit Oma nach Ibiza zu fliegen.

Außerdem kam morgen der Onkel von Joe und wenn es wirklich stimmte, was für aufregende Sachen sein Onkel schon gemacht hatte – Fallschirmspringen, Bungee-Jumping und Ähnliches – dann musste sie diesen Onkel Thomas unbedingt kennenlernen.

Und Joe und sie hatten schon Pläne für die nächsten zwei Wochen gemacht. Sie wollten mit Onkel Thomas in den Zoo und zum Zelten an den Plöner See. Aber wie sollte sie das Oma sagen, ohne dass diese traurig werden würde?

Milli mochte Oma nicht gern enttäuschen. Schließlich war Oma auch traurig. Papa war ihr einziger Sohn gewesen und Milli ihre »einzige Freude«, das hatte sie gesagt.

Milli nahm Omas Hand, die war ganz warm und weich. »Oma, es tut mir leid. Aber ich habe Joe versprochen, mit ihm zelten zu gehen. Morgen kommt sein Onkel Thomas und der will mit uns für zwei Tage an den Plöner See.«

Mama schaltete sich ein: »Davon weiß ich ja noch gar nichts.«

Milli sagte schnell: »Ich hätte dich ja noch gefragt, ist ja auch noch nicht ganz klar. Joe und ich haben uns das überlegt.«

Oma hatte sich wieder hingestellt und ihren Rock glattgestrichen. »Du scheinst wirklich nicht viel über das Leben deiner Tochter zu wissen.«

Mamas Augen wurden ganz klein und ihr Hals ganz rot. Das war immer so, wenn sie sich ärgerte, aber versuchte, diesen Ärger nicht zu zeigen.

»Milli erzählt mir immer alles. Und dass sie mit Joe diesen Ausflug plant – du hörst ja, dass das noch gar nicht ganz spruchreif ist.«

Oma war oftmals unfreundlich zu Mama. Das gefiel Milli nicht und sie hatte Oma auch mal darauf angesprochen.

Oma hatte geseufzt und gesagt: »Ach weißt du, Milli. Deine Mama und ich, wir passen nicht so gut zusammen.« Milli hatte überlegt, ob es daran lag, dass Mama keine Schminke und hochhackigen Schuhe mochte, so wie Oma sie trug. Und vielleicht lag es auch an der großen Villa, in der Oma wohnte. Mama und sie hatten nach Papas Tod ihr eigenes Haus verlassen müssen und nur eine kleine Wohnung über dem Kiosk.

Und dann hatte Oma hinzugefügt: »Deine Mama ist bestimmt eine tolle Mutter. Aber sie und ich, wir haben zu viele unterschiedliche Meinungen vom Leben.«

Das wusste Milli, aber konnte man sich deswegen nicht trotzdem mögen? Schließlich waren Mama und sie jetzt noch Omas einzige Verwandte, nachdem Papa gestorben war.

Manchmal hatte Milli auch ihrer Mutter gegenüber ein schlechtes Gewissen, weil sie Oma sehr mochte. Aber Mama hatte zu ihr gesagt, das müsse sie nicht haben, denn Papa würde sich im Himmel sehr darüber freuen, wenn sie sich um Oma kümmern würden. Und außerdem sei sie ihre Oma und da wäre es ganz normal, dass man Zeit miteinander verbringen würde. Das hatte Milli beruhigt.

Jetzt schaute sie von einem zum anderen, als Oma und Mama sich verärgert anschauten.

Milli ergriff schnell Partei für Mama: »Mama wusste wirklich nichts von unseren Plänen mit dem Zelturlaub mit Joes Onkel.« Sie wandte sich an ihre Mutter: »Entschuldige, Mama, dass ich dir nicht eher etwas gesagt habe.« Wenn sie sich entschuldigen konnte, konnte Oma das vielleicht auch.

Aber Oma sagte nur. »Na ja, ist ja auch egal. Also, Milli, wenn du nicht nach Ibiza willst, was können wir beide in den nächsten Wochen dann unternehmen?«

Milli fiel sofort etwas ein. »Können wir wieder zu den Karl-May-Festspielen nach Bad Segeberg fahren?«

Milli war letztes Jahr mit Oma dort gewesen und total begeistert von der Aufführung.

In Bad Segeberg wurde jedes Jahr in einem richtig großen Freilichttheater ein Theaterstück von Winnetou aufgeführt. Man saß als Zuschauer auf einer riesigen Tribüne. Beim letzten Mal war Winnetou direkt an Milli vorbeigeritten, das war total aufregend.

Oma lächelte. »Natürlich, gern. Ich kümmere mich gleich darum, dass ich Karten bekomme.«

»Darf Joe mit?«, erlaubte sich Milli zu fragen. Ein Junge namens Joe musste einfach zu einer Winnetou-Aufführung fahren, fand sie.

Oma nickte. »Warum nicht?« Deshalb mochte Milli Oma auch so gern, weil sie ihr fast keinen Wunsch abschlug.

Milli sprang begeistert in die Luft. »Danke Oma!«

Diese lachte. Als sich Milli zu ihrer Mutter umdrehte, fragte sie: »Ich darf doch, Mama?«

Mama lächelte. »Ja, natürlich.« All der Ärger über Oma war aus Mamas Gesicht gewichen. Versöhnlich bot Mama Oma einen Kaffee an.

Diese zog ihre gefärbten Augenbrauen nach oben. Einen Kaffee im Kiosk trinken, das war eigentlich nicht ihre Art. So hatte sie es jedenfalls schon mal verlauten lassen. Aber anscheinend hatte sie wohl doch gemerkt, dass sie eben nicht richtig reagiert hatte und sie nickte ihrer Schwiegertochter lächelnd zu. Wenn Mama Kaffee trank, durfte Milli sich immer eine Orangenlimonade aus dem großen Kühlschrank neben der Theke nehmen.

Gerade als Milli die Limonade öffnete, kamen drei junge Männer herein.

»Moin!«, brummte der Große mit den langen Haaren. »Ich möchte ein Bier!«

Er stieß Milli mit einem Stups zur Seite und öffnete den Kühlschrank.

Mama reichte Oma den Kaffee und blickte ernst. »Bier gibt es erst ab 16 Jahren.«

Der Große knallte die Kühlschranktür zu und wandte sich an seine Freunde, die neben ihm standen. »Was ist das denn für ein Kindergarten hier?«

Mama blieb ruhig. »Wenn Sie mir Ihren Ausweis zeigen, habe ich kein Problem damit, Ihnen ein Bier zu verkaufen.«

Der junge Mann schnalzte einmal mit der Zunge und wirbelte seine Haare nach hinten. »Dann eben nicht!« Er schob seine Freunde nach vorn und verließ mit ihnen den Kiosk.

Millis Herz schlug ein bisschen schneller. Die drei großen Jungen machten ihr Angst. Sie hatte sie schon öfter mal an der Kieler Förde Bier trinken sehen. Einmal musste sie direkt an ihnen vorbei und der Große mit den langen Haaren hatte ihr zugerufen:

»Hey, Kleine. Deine Mutter hat doch diesen Kiosk. Hol uns mal Nachschub.«

Er hatte die Bierdose in die Luft gehalten. Milli hatte weggeguckt und war ganz schnell weggerannt. Sie hörte noch, wie die drei ihr hinterherlachten.

Aber sie hatte Mama nichts davon erzählt. Nur mit Gott hatte sie darüber geredet.

Mama hatte ihr gesagt, dass Gott sich um all unsere Probleme kümmert. Und sie hatte ihr erklärt, dass er auch ihnen geholfen hatte, als Mama den Kiosk kaufen konnte.

Und das stimmte, denn eigentlich wollte der Besitzer des Kiosks den kleinen Verkaufsladen an jemand anderen verkaufen. Aber der hatte dann kurzfristig abgesagt und Mama bekam den Kiosk doch noch.

Mit Gott zu reden, fand Milli toll. Er hörte immer zu, auch wenn sie diesen Kloß im Hals hatte, wenn sie Papa vermisste. Der Kloß kam manchmal ganz unverhofft und dann betete sie und manchmal verschwand das traurige Gefühl ganz schnell, manchmal dauerte es auch etwas länger, aber das Gebet half immer.

Oma nahm einen Schluck Kaffee und schüttelte den Kopf.

»Die jungen Männer in dieser Gegend scheinen nicht besonders viel Respekt zu haben. Warum musstet ihr auch hierherziehen?«

Mama goss sich einen Kaffee ein. Ihr Hals wurde wieder rot. Sie strich ihre langen blonden Haare aus dem Gesicht.

»Wir wollten einen Neuanfang. Und die Gegend hier ist nicht schlechter als andere.«

Milli trank einen Schluck von der Limonade und blickte von einem zum anderen.

Oma stellte ihren Becher Kaffee auf den Stehtisch neben ihr. »Ich weiß nicht, ob Ralf das gefallen hätte.«

Mama blickte jetzt traurig zu Boden und Milli ging ganz schnell zu ihr und streichelte über ihren Arm. Mama versuchte, Milli anzulächeln. Dann seufzte sie einmal und schaute Oma an.

»Ich glaube, er hätte gewollt, dass wir glücklich sind. Und dieser Kiosk hier, der hat mich gerettet. Sonst wäre ich an meiner Trauer zerbrochen.«

Oma wischte sich über die Augen. Wenn Mama und Oma über Papa sprachen, stritten sie nie. Dann war es irgendwie so, als wären die beiden sich ganz nah.

»Ich verstehe«, flüsterte Oma.

Einen Augenblick war es still. Und Milli, Mama und Oma dachten an Papa. Immer wenn Milli an Papa dachte, war das schön, aber auch traurig. Milli wollte die Stille durchbrechen, bevor sich wieder der Kloß in ihrem Hals bildete.

»Oma, wann fahren wir zu den Karl-May-Festspielen?«

Oma zuckte zusammen und dann musste sie lachen. Sie sagte zu ihrer Schwiegertochter: »Milli hat wirklich viel von ihrem Vater geerbt. Ungeduld gehört auch dazu.«

Mama lächelte. Und Milli war froh, dass die beiden sich wieder gut verstanden.

2. Kapitel

Milli sortierte gerade die Lollis in das große Glas auf dem Tresen, während Mama hinten im Lager die Getränkekisten von draußen holte, als sich die Tür des Ladens öffnete und Joe erschien. Hinter ihm stand ein groß gewachsener, dunkelhaariger Mann.

»Hallo, Milli, das ist er, mein Onkel Thomas!« Er zeigte stolz auf die Person hinter ihm.

Milli schaute auf und blickte in ein lachendes Gesicht. Onkel Thomas hatte ganz dunkle Augenbrauen, die sich lustig ab und auf bewegten, während er lachte.

»Du bist also Joes beste Freundin.«

Onkel Thomas ging an zwei Krüken. Seine Arme waren ganz dick und breit. Aber als Milli an ihm hinunterblickte, zuckte sie zusammen. Das linke Bein war nicht da, nur ein kleiner Stumpf, der von einem abgeschnittenen Hosenbein umhüllt war, war noch zu sehen. Milli musste ein bisschen schlucken. Sie hatte noch nie einen Mann mit nur einem Bein gesehen.

Onkel Thomas lehnte die rechte Krücke an die linke und hielt Milli die Hand hin. »Ich bin der talentierte, wunderbare, abenteuerlustige Onkel Thomas.« Milli gab ihm die Hand. Seine großen warmen Finger umschlossen ihre kleine Hand.

Milli schaute in das fröhliche Gesicht von Joes Onkel und lächelte. »Ich bin Milli.«

Onkel Thomas zwinkerte ihr zu: »Es freut mich, dich kennenzulernen, kleine Milli.«

Milli hatte Onkel Thomas sofort gern und sie vergaß den Anblick seines kaputten Beines.

Mama kam aus dem Lager. Sie wischte sich die Schweißperlen aus dem Gesicht. Ihr Hals war rot. »Dass dieser Fahrer die Flaschen auch immer vor die Tür stellen muss! Das

Geschleppe mit den Kisten ist so anstrengend. Ich muss jetzt erst einmal etwas trinken.«

Als sie aufblickte, sah sie Joe und den Besucher.

»Oh, hallo Joe.« Sie wandte sich an Thomas. »Guten Tag.«

Milli sagte schnell: »Das ist Joes Onkel.«

Mama lächelte und gab ihm die Hand und Joes Onkel lächelte zurück.

»Ich bin Thomas Heyden. Ach, sagen Sie einfach Thomas. Hier in der Nachbarschaft duzt man sich doch sicher.«

Mama nickte. »Ja, das stimmt. Ich bin Sybille von Hofen ... Sybille.«

Sie wandte sich an die Kinder. »Nehmt euch was zu trinken aus dem Kühlschrank. Und Sie ... du ... Thomas, darf ich dir einen Kaffee anbieten?«

Joes Onkel lächelte. »Sehr gern!«

Milli und Joe nahmen sich eine Limonade und setzten sich auf einen Stapel Zeitschriften, der noch nicht eingeräumt war.

Onkel Joe schaute sich um. »Dein Kiosk ist wirklich toll!« Er wandte sich an Milli. »Ist bestimmt aufregend für dich, Milli, hier im Kiosk mitzuhelfen.«

Milli nickte. »Ja, Mama sagt immer, der Kiosk hat uns gerettet.«

Im selben Moment schlug sie sich auf den Mund. Vielleicht wollte Mama gar nicht, dass Thomas das wusste.

Thomas schaute Mama fragend an. Diese nickte, sie war ein bisschen verlegen, aber dann erzählte sie ihm alles, von Papas Tod und dass Gott ihnen den Kiosk gegeben hatte.

Onkel Thomas hörte zu und sein Gesicht wurde ganz ernst und die dicken Augenbrauen schoben sich über seine Augen.

»Oh, das tut mir sehr leid. Da hast du ja sehr viel durchgemacht.«

Mama nickte nur und goss Thomas einen Kaffee ein.

Thomas nahm einen Schluck und sagte: »Als ich vor ein paar Monaten diesen Unfall hatte und mein Bein verlor, wusste ich auch nicht, wie es weitergehen sollte. Aber Gott sorgte für mich. Mein Bruder besorgte mir einen Job im Krankenhaus als Pförtner, in zwei Wochen fange ich dort an. Und ich habe eine kleine Wohnung im Haus meines Bruders.«

Mama nickte: »Das ist wirklich schön, dass du das so siehst. Das muss schwer für dich gewesen sein.« Sie schaute einmal kurz auf das fehlende Bein.

Thomas nickte. »Ich war Sportler, habe alles gemacht, was es gibt. Bergklettern, Marathonlauf und Bungee-Springen.«

Milli hörte staunend zu und Joe strahlte stolz, dass er so einen tollen Onkel hatte.

Auch Mama schaute Thomas bewundernd an: »Du meine Güte! Dann hast du ja wirklich viel Aufregendes gemacht. Ich würde nie auf die Idee kommen, einen Berg zu erklimmen, ich habe Höhenangst.«

Thomas lächelte verständnisvoll.

Milli fiel etwas ein: »Joe, meine Oma geht mit mir zu den Karl-May-Festspielen nach Bad Segeberg. Du darfst auch mitkommen.«

Joe war begeistert. Er dachte an Millis Erzählungen vom letzten Mal, von den Pferden, den Reitern, den Cowboys und Winnetou. »Echt? Oh, das ist toll!«

Onkel Thomas meldete sich: »Das würde ich auch gern mal sehen! Ich war mit deinem Vater schon mal als Kind dort. Vielleicht nehmt ihr mich mit?«

Milli dachte daran, was Oma wohl sagen würde, wenn auch Onkel Thomas sie begleitete.

Joe war begeistert. »Oh ja, Onkel Thomas. Du musst mitkommen!«

Thomas nickte und strich seinem Neffen über den Kopf. Dann wandte er sich an Sybille: »Und du, kommst du auch mit?«

Millis Mama strich sich eine blonde Strähne hinter das Ohr. »Leider nicht, ich kann den Kiosk nicht allein lassen. Ach, apropos Kiosk, leider muss ich die restlichen Flaschenkisten noch ins Lager stellen. Trink in Ruhe deinen Kaffee weiter. Und Milli, du sagst mir Bescheid, wenn ein Kunde kommt.« Milli nickte.

Thomas sagte: »Ich kann dir doch helfen, die Kisten zu schleppen.«

Mama war erstaunt. »Ja, wirklich?«

Thomas lachte. »Ich bin zwar einbeinig, aber nicht einarmig.«

Mama lachte mit. »Na, wenn das so ist, dann komm.«

Die beiden gingen nach hinten ins Lager. Milli und Joe folgten ihnen. Milli wollte zu gern wissen, wie Onkel Thomas das schaffte.

Onkel Thomas nahm sogar zwei Kisten auf einmal und humpelte mit einer Krücke ins Lager. Fasziniert blickten Milli und Joe ihm beim Arbeiten zu.

Sie hörten von Weitem die Klingel des Kiosks. Aber erst als Mama Milli zurief, ein Kunde wäre im Laden und ob Milli mal schauen könnte, ging Milli nach vorn.

Sie sah Sassan, einen Jungen, den sie aus der Nachbarschaft kannte. Er lebte mit seiner Mutter in einer klitzekleinen Wohnung in der Straße. Vor zwei Jahren war er aus Syrien nach Deutschland geflüchtet.

Mama hatte sich mal mit Sassans Mutter unterhalten, was etwas schwierig war, denn sie konnte noch nicht so gut Deutsch.

Als sie Sassan sah, traute sie ihren Augen nicht. Er hatte eine Handvoll Lollis in der Hand, die Milli noch nicht in das Glas sortiert hatte, und war gerade auf dem Weg zur Tür.

Milli schrie ganz laut: »Ein Dieb!«

Mama und Joe kamen angerannt, Onkel Thomas humpelte vorweg. Sassan war vor Schreck wie angewurzelt stehen geblieben. Onkel Thomas ging zu ihm und hielt ihm seine Krücke vor seinen Bauch, sodass er nicht fliehen konnte. »Hey, junger Mann. Ich glaube, die Lollis wolltest du doch wohl erst bezahlen.«

Sassan war ganz weiß geworden wie eine Wand.

Mama kam zu ihm: »Sassan, warum wolltest du die Lollis stehlen?«

Sie war ganz entsetzt. Sassan kamen die Tränen und Onkel Thomas ließ seine Krücke sinken.

»Ich nicht klauen wollte. Bitte, bitte, ich nicht ins Gefängnis. Ich hab nur gesehen die Lollis und ich möge die und wollte haben. Bitte, bitte nicht Gefängnis.« Jetzt weinte er bitterlich.

Mama legte ihm die Hand auf die Schulter. »Sassan, hab keine Angst. Du musst nicht ins Gefängnis. Aber Stehlen ist wirklich etwas sehr Schlimmes. Das darfst du nie wieder tun, hast du gehört?« Ernst schaute sie ihn an.

Sassan schluchzte. »Ich nie mehr tun. Bitte nicht Mama sagen, Mama hat soviel Sorgen, kein Geld, keine Arbeit.«

Mama nickte. »Nein, ich sage nichts. Aber du musst mir versprechen, nie wieder zu stehlen.«

Sassan wischte sich mit der Hand die Tränen aus dem Gesicht und hielt sie feierlich nach oben. »Ich nie wieder klauen, verspreche!«

Mama nickte. Sie nahm ihm die Lollis aus der Hand. Sie zählte sie. Es waren zwanzig Stück. »So, es sind zwanzig Lollis, das macht vier Euro.«

Sassan schaute sie entsetzt an. Mama lachte ein bisschen. »Die Lollis hast du gekauft und für die vier Euro kannst du mir jetzt für einen Nachmittag beim Abwaschen helfen oder das Lager ausfegen. Was hältst du davon?«

Sassan nickte heftig: »Ja, das mache ich!«

Mama lächelte: »Okay, morgen sehen wir uns. Bis dann, Sassan.« Sie öffnete ihm die Tür.

Sassan sagte »Danke!«, bevor er mit seiner Handvoll Lollis verschwand.

Mama schloss die Tür. Onkel Thomas schaute sie an. »Du bist wirklich eine bemerkenswerte Frau.«

Mama lachte irgendwie aufgeregt und laut. Dieses spezielle Lachen hatte Milli lange nicht mehr gehört. Sie hatte immer so gelacht, wenn Papa etwas Nettes zu ihr gesagt hatte.

»Diese bemerkenswerte Frau muss jetzt ins Lager, weiter einräumen. Hilfst du mit?«

Thomas nickte und folgte ihr. Milli und Joe schauten ihnen nach.

Joe fragte: »Hättest du gedacht, dass dieser Sassan klaut?«

Milli war in Gedanken ganz woanders. Sie hatte so ein komisches Gefühl. Ganz tief hinten im Herzen, wo Papa wohnte, da wurde sie irgendwie so unruhig, als sie an Mamas Lachen dachte. Sie versuchte sich auf Joes Frage zu konzentrieren.

»Nee, habe ich nicht. Mama hätte aber ruhig mit Sassans Mutter sprechen können. So ein Diebstahl ist doch keine Kleinigkeit.«

Joe zuckte mit den Schultern. »Deine Mama hat es doch nur gut gemeint, damit Sassan keinen Ärger kriegt.«

Milli seufzte. Sie ärgerte sich über Mama.

Aus dem Lager hörte sie Mama laut lachen.

3. Kapitel

Milli schaute sich die neue Kinderzeitung an. Das durfte sie immer am Samstag, wenn die wöchentlich erscheinende Entdeckerzeitung für Kinder erschien.

Mama war oben in der Wohnung beim Kochen. Milli war schon so aufgeregt, weil sie nachher zu den Karl-May-Festspielen fahren durfte. Jetzt war es so, dass neben Onkel Thomas auch Joes Eltern Joe begleiteten. Milli würde mit Oma fahren, aber es war natürlich klar, dass sie sich dort treffen würden und Milli und Joe zusammensitzen würden.

Sassan fegte gerade den Kiosk. Milli unterhielt sich nicht mit ihm. Sie fand es immer noch total schlimm, dass er klauen wollte. Das konnte sie nicht vergessen.

Sassan nahm den Handfeger und die Schaufel und fegte einen kleinen Berg von Staub und Krümeln zusammen.

»Ist viel Geld in Kasse?«, fragte er Milli, während er weiter arbeitete.

»Was geht dich das an?«, fauchte Milli ihn an.

Sassan wurde rot. »Ich nur fragen wollte. Ich wünschte, Mama hätte Geld. Ich bald Geburtstag und ich wünsche mir Handy, aber Mama sagt, Geld ist nicht da.«

Milli zuckte die Schultern. Er konnte ihr nicht leidtun. Schließlich wollte er ihre Mutter bestehlen. Sassan arbeitete weiter, als Milli nicht reagierte.

Mama erschien mit dem Essen. »Milli, es gibt Mittagessen. Sassan, isst du mit uns?«

Sassan schüttelte traurig den Kopf und stellte den Handfeger und die Schaufel zurück in den Schrank im Flur.

»Nein, muss gehen. Mama wartet.« Und dann ging er.

»Mama, warum bist du so nett zu Sassan?«, fragte Milli, als sie in dem kleinen Raum neben dem Kiosk saßen und die Nudeln verspeisten.

Mama blickte erstaunt. »Warum nicht? Es tut ihm doch von Herzen leid, dass er stehlen wollte. Und Arbeit hilft ihm, dass schlechte Gewissen auszuräumen. Du, ich glaube, er hat in Syrien einiges durchgemacht.«

Milli nickte. Sie hatten in der Schule schon über die Lage in Syrien und die ganzen Flüchtlinge geredet. Und dass die Kinder dort immer Angst vor Bombenangriffen hatten.

Als sie mit Joe später in dem großen Freilichttheater saß und auf den Beginn des Theaterstücks wartete, dachte sie nicht mehr an Sassan. Ihr Herz klopfte aufgeregt und Joe war ganz zappelig und sagte bereits das dritte Mal: »Mann, ich bin total gespannt.«

Onkel Thomas saß neben Joe, daneben hatten Joes Eltern, Frederike und Stefan, Platz genommen. Onkel Thomas musste lachen. Er wandte sich an seinen Bruder.

»Weißt du noch, wie aufgeregt du warst, als wir das erste Mal hier waren? Du hattest einen Cowboyhut auf und hast solange mit dem herumgespielt, bis er heruntergefallen ist. Er trudelte einige Reihen weiter und unser Vater musste sich einen Weg durch die Menschenbahnen schlagen, um deinen Hut wieder zu holen. Und die Leute waren schon genervt, weil das Theaterstück angefangen hatte.« Stefan lachte und zwinkerte Joe zu. »Etwas muss mein Sohn ja von mir geerbt haben.«

Frederike reichte eine Tüte Bonbons herum und sagte zu Milli: »Schade, dass Sybille nicht hier sein kann.«

Thomas meinte: »Finde ich auch.«

Oma, die neben Milli saß, schaltete sich in das Gespräch ein: »Sie hätte ihren Kiosk ja mal schließen können.« Oma sagte das mit so einem vorwurfsvollen Unterton.

Milli ärgerte sich über Oma. Warum sagte sie wieder etwas Negatives über Mama und den Kiosk?

Sie entgegnete schnell: »Wir brauchen das Geld, da kann Mama nicht einfach zumachen.«

Frederike kam Milli zu Hilfe. »Ich bewundere deine

Mama mit der ganzen Arbeit mit dem Kiosk.« Milli lächelte ihr zu. Sie hatte Frederike sehr gern, weil sie Mama und ihr sehr viel geholfen hatte, nachdem Papa gestorben war. Frederike wurde zu Mamas bester Freundin.

Thomas bestätigte den Satz seiner Schwägerin: »Ja, es ist wirklich erstaunlich, wie sie das alles schafft.«

Noch ehe Milli wieder dieses komische Gefühl erfasste, das sie hatte, als Mama mit Thomas im Lager so laut gelacht hatte, begann die Vorstellung.

Es war so spannend. Winnetou half mit, dass eine Stadt von Bösewichten befreit wurde. Zwischendurch ritt er direkt durch den Gang an ihnen vorbei. Joe hatte vor lauter Aufregung die ganze Zeit seinen Mund offen.

Als die Bösewichte hinter Schloss und Riegel saßen und Winnetou und Old Shatterhand gefeiert wurden, war das Theaterstück zu Ende. Joe und Milli klatschten begeistert.

Stefan lud sie alle noch zu einem Essen im Restaurant ein. Oma wollte erst nicht mit, aber als Milli bettelte, ließ sie sich überreden.

Im Restaurant hörte Joe nicht auf, davon zu schwärmen, was Winnetou und Old Shatterhand alles geleistet hatten, um die Räuber zu entlarven.

Die Erwachsenen hörten geduldig zu. Und Milli war froh, dass sie die Idee hatte, Joe zu dem Theaterstück einzuladen.

Da kam Joe eine Idee: »Onkel Thomas, können wir nicht mal zelten, so wie die Indianer?«

Thomas lachte: »Na, klar, wenn du Lust hast, können wir das gern tun.«

Joe war begeistert. »Oh ja! Aber Milli muss mit.«

Thomas nickte. »Natürlich.« Millis Herz klopfte vor Aufregung. Sie hatte noch nie gezeltet. In den Urlauben mit Mama und Papa hatten sie immer in einer Ferienwohnung übernachtet.

Oma schaltete sich ein. »Ob das das Richtige für dich ist, Milli?« Sie schaute Milli fragend an. Oma kannte Urlaube nur in teuren Hotels.

Aber noch ehe Milli antworten konnte, sagte Thomas: »Ach, Frau von Hofen, gönnen Sie den Kindern doch den Spaß! Ich werde gut auf Milli aufpassen. Und wenn Ihre Schwiegertochter nichts dagegen hat, dann steht doch so einer Übernachtung im Zelt nichts im Wege.«

Oma grummelte: »Also, ich weiß nicht.«

Thomas blieb hartnäckig. »Glauben Sie mir, so eine Übernachtung im Zelt kann Abenteuer pur sein. Ich weiß noch, wie ich in Kanada gezeltet habe und nachts die Bären hörte.«

Oma schaute entsetzt: »Bären?«

Thomas lachte. »Ja, meinte ich zumindest. Man bildet sich so allerhand ein, wenn man auf ein Abenteuer aus ist.«

Oma schüttelte den Kopf. Dann fragte sie: »Sind Sie denn mit Ihrer Behinderung überhaupt in der Lage, auf die Kinder aufzupassen?« Es war einen Moment lang ganz still. Alle schauten sich entsetzt an. Und Milli wäre am liebsten in den Erdboden versunken. Warum benahm sich Oma manchmal so unmöglich?

Aber Thomas blieb gelassen. »Ach, ich denke schon. Zumindest kann ich es ja mit einbeinigen Bären aufnehmen.« Er lachte und die anderen stimmten mit ein.

Milli beobachtete Oma. Sie blieb einen Moment ganz steif sitzen und ihr geschminktes Gesicht wirkte wie eine Maske. Aber dann konnte sie nicht anders und musste mitlachen.

Das Eis zwischen Onkel Thomas und ihr schien gebrochen. Thomas zwinkerte Milli zu und Milli zwinkerte zurück. Er war wirklich toll. Sie hatte ihn, obwohl sie ihn erst seit ein paar Tagen kannte, sehr gern.

4. Kapitel

Milli und Joe saßen auf der Bank beim Stadtpark und unterhielten sich über das gestrige Theaterstück. Außerdem machten sie Pläne für ihre Übernachtung im Zelt. Thomas würde heute Sybille fragen, ob Milli mitdurfte.

»Onkel Thomas will mit uns Kanu fahren.« Joe zappelte auf der Bank hin und her.

»Oh, toll!«, rief Milli aus. Sie war noch nie Kanu gefahren.

»Ich hoffe, dass es nicht umkippt.« Joe zappelte jetzt so, dass er fast von der Bank fiel. Milli schaute ihren Freund erstaunt an. Ach ja! Natürlich, Joe hatte Angst, er konnte ja nicht richtig schwimmen. Nur Milli wusste, dass er immer noch kein Abzeichen im Schwimmen hatte. Er ging zu einem Schwimmkurs für Kinder, die Angst vor dem Wasser hatten. Aber es klappte immer noch nicht so richtig.

Milli tröstete ihren Freund: »Ach, Joe, Onkel Thomas passt doch auf, mach dir keine Sorgen. Unser Ausflug wird bestimmt toll.« Joe lächelte, er schien getröstet zu sein.

Einen Moment lang sagte keiner etwas.

Plötzlich meinte Joe: »Guck mal, da hinten ist Nina.«

Milli schaute sich um und vermutete die Zwillinge zusammen hier im Park. Aber sie sah nur Nina ohne Sina. Das war ungewöhnlich, denn die beiden tauchten immer nur zu zweit auf. Nina ging neben einem jungen Mann mit einem Zopf her, der rauchte. Sie lachte laut und schrill, so ähnlich wie Mama neulich im Kiosk, als Onkel Thomas da war.

Als die beiden näher kamen, erkannte Milli den Jungen. »Joe, der war schon mal bei uns im Kiosk.«

Der Junge mit dem Zopf legte den Arm um Nina. Milli fuhr fort. »Der war ganz gemein, hat mich weggeschubst und wollte Alkohol haben. Mama hat ihm nichts gegeben. Dann war er total blöd und ist gegangen. Ist das Ninas Freund?«

Joe blickte skeptisch zu dem jungen Paar. »Nee, davon weiß ich nichts.«

Jetzt hatte Nina die Kinder gesehen. Schnell nahm sie die Hand ihres Freundes von ihrer Schulter. Sie flüsterte ihm irgendetwas zu. Er schaute auf Joe und Milli und der Blick war nicht gerade nett.

Dann kamen die beiden auf sie zu und Nina rief: »Hallo Joe, hallo Milli, was macht ihr denn hier?«

Joe zuckte mit den Schultern: »Wir sitzen hier einfach und unterhalten uns. Und du?«

Nina wurde verlegen und warf ihr langes blondes Haar nach hinten, so wie Sina es auch immer tat. Und Milli überlegte einen Moment, ob es sich nicht auch um Sina handeln könnte, aber Joe hatte »Nina« gesagt und Joe kannte seine Schwestern. Dann musste es wirklich Nina sein, die jetzt verlegen schwieg.

»Ich bin Phillip, Ninas Freund«, stellte der junge Mann klar. Nina gab ihm einen kurzen Fauststupser, woraufhin er »Ey!« ausrief.

Milli fragte sich, wie man mit so einem Typen befreundet sein konnte.

Joe bekam große Augen. »Ich wusste gar nicht, dass du einen Freund hast.«

Nina zupfte an ihren Haaren herum und zischte: »Du sagst nichts zu Mama und Papa, verstanden?«

Joe nickte eingeschüchtert.

»Hey, Kleine, dich kenn ich doch«, bemerkte Phillip mit zusammengekniffenen Augen.

Milli war sein Blick unheimlich.

Er wandte sich an Nina: »Ihre Mutter arbeitet im Kiosk. Stell dir vor, die hat mich vor meinen Kumpels richtig fertiggemacht, wollte ’nen Ausweis haben, weil wir Alkohol kaufen wollten.«

Nina wurde rot. »Ich kenne Millis Mutter. Ihr gehört der Kiosk.«

Phillip hörte nicht auf zu lästern: »Wirklich ’ne unangenehme Person, diese Frau.«

Ninas Gesicht wurde fast lila. Sie vermied es, Milli anzuschauen.

»Ach, lass doch. Millis Mama ist die Freundin meiner Mutter«, murmelte sie. »Komm, lass uns gehen.«

Erneut wandte sie sich an Joe. »Kein Wort zu Mama und Papa, verstanden?«

Joe nickte. Dann gingen die beiden davon.

Milli räusperte sich. »Ich mag den nicht, der ist richtig gewalttätig.« Sie wusste, dass sie etwas übertrieb, aber sie konnte ihm nicht verzeihen, dass er sie geschubst und negative Bemerkungen über ihre Mutter gemacht hatte.

Joe schaute den beiden hinterher. »Ich versteh Nina gar nicht, warum sie diesen Typen mag. Ob Sina was weiß? Und warum dürfen Papa und Mama nicht wissen, dass sie einen Freund hat?«

Milli seufzte, weil Joe so schwer von Begriff war. »Mensch, weil deine Eltern den bestimmt nicht mögen würden. Hast du nicht gemerkt, was für ein dummer Kerl der ist?«

Joe nickte. Dass Nina sich ausgerechnet in diesen Typen verlieben musste, verstand er nicht. Von Weitem hörten sie Nina laut lachen.

Joe verdrehte die Augen. »Nina ist total blöd, versteh ich gar nicht, sonst ist sie doch normal.«

Milli meinte: »Die ist verknallt, darum benimmt sie sich so affig.«

Joe nickte: »Ist mir jetzt egal. Lass uns von was anderem reden. Ich bin so gespannt, ob deine Mutter dir erlaubt, zu zelten.«

Millis Herz klopfte aufgeregt. »Ja, ich auch. Komm, Joe, wir gehen zum Kiosk, vielleicht war Onkel Thomas schon da.«

Joe war einverstanden und so machten sie sich auf den Weg. Als sie die Tür des Kiosks öffneten, hörte Milli das laute Lachen ihrer Mutter. Sie stand mit Thomas am Stehtisch und trank Kaffee.

Milli verdrängte das komische Gefühl, dass sie neulich auch schon hatte, als Mama so gelacht hatte. Sie musste unbedingt wissen, ob sie zum Zelten durfte.

»Mama, darf ich mit zum Zelten?«, fragte sie geradeheraus.

Mama schaute sich abrupt um. Sie sah aus wie ein kleines Kind, das bei etwas erwischt wurde. Sie stellte ihren Kaffeebecher auf den Tisch. Dann lächelte sie.

»Thomas hat gesagt, er passt gut auf dich auf. Ja, ich habe nichts dagegen. Ich glaube, bei Thomas bist du in guten Händen.«

Milli freute sich. »Echt? Oh toll!«

Onkel Thomas meldete sich. »Wir drei machen es uns richtig schön.«

Joe und Milli schauten sich an und nickten. Joe schien seine Angst vor dem Kanufahren vergessen zu haben. Milli nahm zwei Getränke aus dem Kühlschrank und gab Joe eins davon.

In diesem Moment öffnete sich die Ladentür und Frederike erschien mit Sina.

Mama ging auf sie zu: »Oh, hallo, ihr beiden. Schön, dass ihr kommt. Was kann ich für euch tun?« Sie beantwortete ihre Frage selbst: »Zuerst bekommt ihr mal einen Kaffee.«

Die beiden stellten sich an den Stehtisch.

Mama fragte sie, während sie ihnen die Kaffeebecher reichte: »Wo ist denn Nina?« Sie schaute Sina fragend an. Es war eine berechtigte Frage, denn nirgendwo tauchte Sina ohne Nina auf und umgekehrt. Sina seufzte. »Die ist irgendwie jetzt immer unterwegs, hat neue Freunde.«

Milli flüsterte Joe zu: »*Einen* Freund!« Joe gab ihr einen Stupser. Milli seufzte. Sie mochte es nicht, dieses Geheimnis.

Frederike nahm einen Schluck Kaffee. »Ach, ich weiß gar nicht, was mit ihr los ist. Sie ist seit ein paar Tagen unausstehlich und laufend unterwegs.«

Thomas meldete sich: »Vielleicht schwimmt sie sich ein bisschen frei von der Familie.«

Milli wäre am liebsten herausgeplatzt: »Sie hat einen Freund!« Aber sie biss sich auf die Lippen und schwieg. Frederike tat ihr so leid und Sina auch, sie wussten doch nicht, warum Nina so unausstehlich war.

Mama legte die Hand auf Frederikes Schulter. »Wir haben doch alle dieses Alter durch, wo man sich ein bisschen abnabelt. Gib ihr Zeit.«

Milli rechnete, wie lange es dauerte, bis sie »dieses Alter« erreicht hatte. Sie kam auf sechs Jahre. Sie hatte auf jeden Fall nicht vor, sich einen Freund wie Phillip zu suchen. Ein Schauer lief über ihren Rücken, wenn sie an ihn dachte.

Es kamen einige Kunden in den Laden und Mama ging zum Tresen und bediente sie.

Thomas kam herüber zu den Kindern. »Also, ich habe mir gedacht, wir mieten uns ein Kanu und machen abends ein Feuer und brutzeln Stockbrot.«

Milli freute sich. »Oh, toll.« Stockbrot hatte sie noch nie gebacken und Kanu war sie auch noch nicht gefahren.

Auch Joe war begeistert: »Ja, so wie die Indianer.«

Thomas lachte verschmitzt und strich seinem Neffen über das Haar. »Wie Winnetou!«

Milli beobachtete ihn dabei. Wenn Onkel Thomas lachte, entstanden zwischen seinen Augen ganz viele kleine Fältchen und seine weißen Zähne kamen zum Vorschein. Wie gern hätte sie auch so einen Onkel, wo sie schon keinen Papa mehr hatte. Na ja, so ein bisschen war er ja auch nicht nur Joes Onkel, sondern auch ihrer.

Sie lächelte stolz.

Als die Kunden den Kiosk verließen, meinte Frederike: »Sybille, warum fährst du nicht auch für einen Tag an den Plöner See zu den Kindern?«

Millis Mama kam zum Tisch. »Das geht doch nicht, ich kann doch den Kiosk nicht allein lassen.«

Frederike winkte ab. »Ach, den übernehmen wir, nicht wahr, Sina?«

Sinas Gesicht erhellte sich: »Oh, ja.«

Frederike zwinkerte Sybille zu. Und Millis Mama verstand. Sina brauchte eine Abwechslung, jetzt, wo Nina andere Flausen im Kopf hatte.

Sie zögerte trotzdem noch, bis Milli ausrief: »Oh ja, Mama, das wäre so toll! Du könntest uns doch am letzten Tag besuchen. Bitte!«

Auch Thomas meldete sich: »Das ist doch wirklich eine gute Idee. Wir könnten zu viert was Schönes unternehmen.«

Millis Mama schien überzeugt: »Okay, wenn ihr meint.«

Sie wandte sich an Frederike und Nina: »Danke.«

Onkel Thomas erhob seine Tasse: »Lasst uns auf eine schöne Zeit in Plön anstoßen.«

Die anderen erhoben alle ihre Tassen. Und Mama stieß ihre ein bisschen gegen seine und lächelte dabei.

5. Kapitel

Die ganze Zeit hörten sie das Geräusch: »Klick, klick, klick.« Es regnete, und immer, wenn die Tropfen das Zeltdach trafen, machte es diese Geräusche. Milli, Joe und Onkel Thomas saßen im Zelt und spielten »Uno«.

»Onkel Thomas, du musst vier Karten aufnehmen!«, rief Milli aus.

»Ihr macht mich fertig, Kinder!«, lachte er.

Milli und Joe schauten sich an und lachten auch.

Und tatsächlich, Onkel Thomas verlor das siebte Mal. Er vergrub sein Gesicht theatralisch in seinen Händen. »Ich bin fertig, jetzt kann ich nicht mehr.«

Als er aufblickte, lächelte er: »Kommt, lasst uns rausgehen.«

»Im Regen?« Joe schüttelte sich ein bisschen.

»Wo ist dein Abenteuergeist, Winnetou?« Thomas gab ihm einen Schubs. Er selbst zog sich an einer Krücke hoch. Milli schaute immer noch fasziniert, wie Onkel Thomas es schaffte, mit nur einem Bein so schnell aufzustehen.

Sie zogen sich Regenjacken an und gingen nach draußen. Es regnete leise vor sich hin. Es roch nach nassem Gras. Die Regenstiefel machten quietschende Geräusche auf dem holzigen Untergrund, als sie in Richtung See liefen.

Als sie dort ankamen, fragte Milli: »Und was machen wir jetzt?«

»Steine werfen.« Onkel Thomas bückte sich, in dem er sich immer noch an einer Krücke festhielt, und nahm drei Steine auf. »Hier, die sind für euch!«

Milli war nicht so begeistert, im Gegensatz zu Joe. Der stellte sich vor, dass die Indianerkinder dieses Spiel bestimmt immer gespielt hatten.

Onkel Thomas warf, und als sein Stein im Wasser versank, entstanden tausend Ringe auf dem See. Er rief den Kindern zu: »So, jetzt ihr!«

Millis Stein landete kurz davor, Joes dahinter. Dieser rief aus: »Ich hab gewonnen!«

Onkel Thomas lachte. »Ja, gratuliere, aber jetzt die nächste Runde! Wenn ich jetzt rufe, dann werft ihr, okay?« Dann rief er ganz laut: »Jetzt!« Und die Kinder legten los. Diesmal landete Millis Stein am weitesten. Sie schrie: »Ich bin Sieger!«

Sie nahm die nächsten Steine auf und verteilte sie an Joe und Onkel Thomas.

Wieder gab Onkel Thomas das Signal. So spielten sie eine ganze Weile. Und Milli hätte nie gedacht, dass »Steine in den See werfen« soviel Spaß machen würde.

Anschließend tat Onkel Thomas geheimnisvoll. Die beiden Kinder sollten noch mal ins Zelt und »Uno« spielen. Das taten sie in gespannter Erwartung darauf, was Onkel Thomas wohl vorhatte. Nach einer Stunde rief er sie endlich. Er stand vor dem Zelt und lächelte.

»So, ihr beiden. Ich habe eine Schnitzeljagd vorbereitet. Ich habe im Wald rote Bänder aufgehängt, die euch den Weg zeigen. Und an jedem Baum, an dem ein rotes Band hängt, steht eine Aufgabe in einem Umschlag, die ihr bearbeiten müsst.«

Milli sprang vor Aufregung auf und ab.

Onkel Thomas fügte ernst hinzu: »Aber ihr bleibt immer zusammen, verstanden? Joe, du hast dein Handy dabei. Sollte irgendetwas sein, ruf mich an, okay?«

Joe nickte. Die Kinder machten sich auf den Weg. Das erste Band sahen sie sofort an einem Baum blitzen. Sie nahmen es ab und fanden unten am Stamm einen Umschlag. Folgende Aufgabe war zu lesen: »Versucht aus ein paar Ästen einen Kranz zu binden und bringt ihn mit.« Milli und Joe fanden schnell ein paar geeignete Zweige, die sie mit Hilfe des beigelegten Garnes zusammenbanden.

Die nächste Aufgabe war eine schwierige Rechenaufgabe. Aber Joe und Milli schafften es zusammen, sie auszurechnen. Das Ergebnis waren die Schritte, die sie bis zum nächsten Baum brauchten, und da sie genau nach 76 Schritten bei dem Baum mit dem nächsten Band ankamen, hatten sie anscheinend richtig gerechnet.

Die nächste Aufgabe hier bestand darin, Tannenzapfen zu sammeln.

Und so ging es weiter. Als sie schließlich nach einer guten Stunde alle Aufgaben gelöst hatten, sahen sie von Weitem schon das Zelt.

Als sie dorthin schlenderten, sagte Milli: »Es war toll. Dein Onkel Thomas hat echt super Ideen. Warum hat er eigentlich keine Kinder?« Joe rollte genervt mit den Augen: »Na, weil er nicht verheiratet ist!« Aber dann fügte er etwas netter hinzu: »Er hatte mal 'ne Freundin und vielleicht hätte er auch geheiratet, aber dann passierte dieser Autounfall und er verlor sein Bein. Mama sagt, dass die Freundin damit nicht umgehen konnte und ihn verließ.«

»Gemein!«, entfuhr es Milli.

Joe nickte.

Onkel Thomas rief sie: »Hey, ihr beiden, habt ihr Hunger? Ich habe Würstchen gegrillt.«

Das ließen die beiden sich nicht zweimal sagen.

»Wir kommen!«, rief Joe und schon liefen sie zu ihm. Auf einem Grill lagen ein paar Würstchen. Onkel Thomas lachte, als Joe sich gleich eins griff.

»Na, hat alles geklappt? Zeigt mal her, ob ihr alles erledigt habt.«

Joe reichte ihm die Tasche mit den mitgebrachten Dingen – Tannenzapfen, den Kranz, fünf braune Steine, sieben verschiedene Blätter und natürlich die ganzen roten Bänder.

Onkel Thomas war zufrieden. »Ich bin beeindruckt!«

6. Kapitel

»Bin ich satt!« Milli strich über ihren Bauch. Sie saßen alle drei um das Feuer und aßen Stockbrot. Joe hatte mit dem Essen schon früher aufgehört. Milli legte den Holzstab zur Seite. Noch ein Brot, nein, das würde sie nicht mehr schaffen.

Onkel Thomas lachte. »Das freut mich, dass ich euch satt bekommen habe.«

Milli nickte begeistert. Es war so aufregend, hier am Abend in der Dunkelheit am Feuer zu sitzen. Und das Stockbrot war so unglaublich lecker.

Joe gähnte plötzlich ganz laut.

Thomas wandte sich zu ihm. »Na, du bist wohl müde.«

Joe schüttelte den Kopf. Aber nachdem er dann ein zweites Mal kräftig gegähnt hatte, gab er dann doch zu, dass er schlafen wollte. Milli hingegen war hellwach. Onkel Thomas erlaubte ihr, noch ein bisschen am Feuer zu sitzen.

Joe verschwand in sein Luftmatratzenlager und als Milli und Onkel Thomas kurz danach nach ihm schauten, schlief er tief und fest. Neben seinem Kopf lag die schwarze Feder, die Milli und er bei der Schnitzeljagd gefunden hatten.

Onkel Thomas lächelte: »Indianer-Joe schläft.« Milli musste leise kichern.

Dann ließen sie ihn allein und setzten sich wieder ans Feuer. Milli atmete die Abendluft ein und schaute in den Himmel, wo schon ein klitzekleiner Stern sichtbar wurde. »Ach, Onkel Thomas, es ist so toll hier«, stieß sie aus.

Onkel Thomas ordnete mit einer kleinen Schaufel das Holz, damit das Feuer noch weiter lodern konnte. »Ich finde es auch toll. Das erinnert mich an meine Zelttour durch Kanada. Ich saß am Feuer und schaute in den Sternenhimmel, im Hintergrund sah ich die Berge mit ihren dunkelgrauen Umrissen.«

Milli schaute ihn bewundernd an. »Was du schon alles gemacht hat! Stimmt es, dass du auch schon Bungee gesprungen bist?«

Onkel Thomas lächelte. »Was mein Neffe dir alles erzählt hat! Ja, es stimmt, das war in England, ich bin von einer Brücke gesprungen. Ich sag dir, mein Magen drehte sich wie ein Karussell, ach nein, noch viel schneller. Es war das Aufregendste, was ich je gemacht habe. Man denkt wirklich, man fällt ins Wasser. Ich glaube, das würde ich nicht noch mal machen, geht mit dem einen Bein auch gar nicht mehr.«

Sein Lächeln war nicht verschwunden.

»Bist du heute nicht manchmal traurig wegen deinem Bein?« Milli fragte das, weil sie irgendwie das Gefühl hatte, Onkel Thomas alles fragen zu können.

Onkel Thomas wurde ernst. »Manchmal schon, aber dann sehe ich wieder, was ich noch kann und wie Gott für mich sorgt. Meine Familie hat für mich gesorgt. Ich konnte die Wohnung in ihrem Haus bekommen. Und nächste Woche kann ich im Krankenhaus als Pförtner anfangen. – Und ich konnte dich kennenlernen, kleine Milli.«

Millis Herz füllte sich mit ganz viel Wärme, als er den letzten Satz sagte. »Ich bin auch froh, dass du hier bist, Onkel Thomas.«

Sie schwiegen einen Moment.

»Ich bin manchmal traurig wegen Papa.« Milli wusste auch nicht, warum sie das jetzt sagte.

Onkel Thomas nickte. »Das verstehe ich sehr gut. Du vermisst ihn, so wie ich mein Bein vermisse. Da darf man manchmal einfach traurig sein. Ich bete dann immer zu Gott, dass er mich wieder fröhlich macht.«

»Das mache ich auch. Mama sagt, ich habe einen himmlischen Vater, der auf mich aufpasst, weil Papa nicht mehr da ist.« Milli nahm einen Stock und malte ein paar Striche in den Sand. Es war immer noch schwer für sie, über Papa zu reden.

Onkel Thomas strich ihr über das Haar. »Deine Mutter ist eine sehr kluge Frau. Ja, so ist es. Und weil wir den himmlischen Vater haben, brauchen wir keine Angst zu haben. Ich nicht, weil ich mit meinem einen Bein nicht alles machen kann. Und du darfst auch wissen: Auch wenn dein Papa nicht mehr da ist, Gott kümmert sich um dich.«

Milli schaute auf. Es hatte so komisch in ihrem Bauch gekribbelt, als Onkel Thomas ihr über den Kopf gestreichelt hatte.

»Ja, das stimmt«, sagte sie. Sie hatte irgendwie eine ganz raue Stimme und wunderte sich darüber.

Onkel Thomas beschäftigte sich wieder mit dem Feuer, dann setzte er sich neben sie. »Du hast immer noch deine tolle Mama und deine Oma.«

»Oma mag Mama nicht«, entfuhr es ihr.

»So? Warum nicht?«, fragte Onkel Thomas erstaunt.

»Weil sie wollte, dass Papa eine reiche Frau heiratet. Ich habe mal gehört, wie sie mit Papa darüber gestritten hat. Das finde ich gemein. Aber weißt du, Onkel Thomas, ich hab Oma trotzdem lieb. Ist das schlimm, weil sie doch so gemein ist zu Mama? Mama sagt immer, Oma braucht uns, sie hat ihren einzigen Sohn verloren und hat nur noch uns.«

»Weißt du, Milli, ich glaube, es ist in Ordnung, dass du deine Oma liebhast. Sie ist schließlich deine Oma. Dass sie nicht so nett zu deiner Mama ist, ist schlimm, aber du kannst nichts dafür. Aber weißt du, vielleicht solltest du mal mit deiner Oma darüber reden, dass du traurig bist, weil sie so unfreundlich zu deiner Mama ist. Es ist wichtig, dass du ihr sagst, was du fühlst.«

Milli schaute ins Feuer. Onkel Thomas hatte recht, sie musste mit Oma reden.

Onkel Thomas sagte plötzlich: »Deine Mama ist eine beeindruckende Frau.«

Milli blickte auf. Sie schaute Onkel Thomas von der Seite an. Er lächelte vor sich hin. In Milli wollte wieder dieses komische unangenehme Gefühl aufsteigen, dort wo Papa war in ihrem Herzen. Aber dann drehte sich Onkel Thomas zu ihr um und strich ihr wieder über das Haar. Wieder kribbelte es in ihrem Bauch und das komische Gefühl war plötzlich wie weggeweht.

»Onkel Thomas, hast du dich in meine Mama verliebt?«, brach es aus Milli heraus.

Onkel Thomas wurde knallrot und wandte sich schnell wieder zum Feuer. Aber dann drehte er seinen Kopf wieder zu ihr und schaute ihr in die Augen.

»Ich habe deine Mama schon sehr gern«, druckste er herum. Aber dann sagte er:

»Ja, ich glaube schon, dass ich mich verliebt habe. Findest du das schlimm?«

Milli schüttelte den Kopf und sie wünschte sich, dass Onkel Thomas ihr wieder über das Haar streicheln würde. »Nein, ich mag dich, Onkel Thomas. Und ich glaube, Mama mag dich auch. Sie lacht immer so anders, wenn du da bist, so wie damals, als Papa noch da war.«

Onkel Thomas strahlte über das ganze Gesicht. Dann tat er es wieder. Er streichelte ihr über das Haar und legte seinen rechten Arm um sie. »Ich mag dich, kleine Milli, sehr sogar.«

Millis Herz machte einen Hüpfer. Jetzt wurde ihr ganz warm und das lag nicht am Feuer.

»Ihr seid ja immer noch auf?«

Milli und Onkel Thomas zuckten zusammen. Hinter ihnen stand Joe, die Feder hatte sich in seinen zerzausten Haaren verfangen. Und er gähnte.

Onkel Thomas lächelte, hielt aber immer noch den Arm um Milli.

»Ja, es ist gerade sehr gemütlich hier. Setz dich noch zu uns, Indianer-Joe.«

Joe nickte, dabei fiel die Feder aus seinem Haar und er wurde rot. Milli kicherte.

Joe hob sie auf. »Hab gar nicht gemerkt, dass sie in meinem Haar ist.« Verlegen setzte er sich neben Milli.

Onkel Thomas stand auf und bearbeitete ein wenig die kleine Flamme.

»Das Feuer wird bald ausgehen. Na ja, ich glaube, wir müssen auch alle bald schlafen. Morgen kommt Sybille und wir werden Kanu fahren, das wird aufregend genug.«

Er schlug sich auf den Mund und wurde rot. Milli musste lächeln.

Nur Joe schaute etwas skeptisch. »Hoffentlich klappt alles.«

Joe war immer noch unsicher, weil er nicht schwimmen konnte. Er hatte Angst, das merkte Milli. Dabei hatte er sich eigentlich auf das Kanufahren gefreut.

Onkel Thomas meinte: »Das wird schon, Joe. Du wirst schon sehen, es wird dir Spaß machen.«

7. Kapitel

»Ich schaue euch vom Ufer aus zu.« Millis Mama stand mit Milli, Joe und Thomas am See, während Thomas das Dreierkanu ins Wasser schob.

Es gab leider nur noch ein Kanu mit drei Sitzen zu mieten und so musste einer an Land bleiben. Joe trippelte von einem Bein aufs andere. »Ich kann ja auch hierbleiben.«

Milli rief aus: »Nein, Joe! Du musst auf jeden Fall mit. Ein Indianer muss doch Kanu fahren können.« Sie blickte etwas verlegen zu ihrer Mutter.

Diese lächelte. »Ja, das finde ich aber auch. Macht euch keine Sorgen, ich schaue euch gern zu.«

Onkel Thomas lachte. »Na, mal sehen, ob das wirklich so ein Vergnügen wird. Ein einbeiniger, alter Abenteurer im Kanu. Das kann ja was werden!«

Mama lachte. »Natürlich wird das was! Sei unbesorgt, du hast zwei tolle Kinder dabei.«

Onkel Thomas wischte sich theatralisch den Schweiß von der Stirn. »Puh, da bin ich ja beruhigt.«

Er half den Kindern beim Einsteigen und flüsterte Joe zu: »Hab keine Angst, pass auf, es wird ein riesiger Spaß.«

Mama ging ein Stück ins Wasser und stieß das Kanu ab.

Onkel Thomas gab den Kindern die Paddel und erklärte ihnen, wie sie das Boot in Bewegung setzen und wie sie lenken konnten.

Es fiel Milli zuerst schwer, das Paddel zu bedienen, aber dann gelang es ihr doch.

Joe hatte riesigen Spaß. »So sind die Indianer immer auf Beutesuche gegangen und haben dann auch Fische gefangen mit einem Speer«, sagte er und seine Wangen waren ganz rot vor Aufregung.

Milli lächelte und Onkel Joe antwortete: »Ja, das ist wahr.

Sie hatten ein unheimliches Geschick dabei, mit der Harpune die Fische zu treffen.«

»Vielleicht kann ich das auch.« Joe wurde übermütig und erhob sich.

Onkel Thomas rief: »Nein, Joe, nicht aufstehen!«

Aber der hörte nicht. Er zielte das Paddel auf einen vorbeischwimmenden Fisch. »So ungefähr haben sie es gemacht«, rief er aufgeregt.

Er schob das Paddel mit einem Satz nach unten. Dabei wackelte er mit dem Oberkörper hin und her und verlor mit einem Mal das Gleichgewicht. Milli versuchte noch sein Hosenbein festzuhalten, aber der Stoff entglitt ihr und Joe stürzte ins Wasser.

Thomas erhob sich hastig und rief aus: »Joe, gib mir deine Hand.« Er lehnte sich weit über das Kanu, aber Joe zappelte und schrie ganz laut und trieb vom Kanu weg.

Milli zitterte vor Angst. Onkel Thomas stieg über den Rand des Kanus und ließ sich ins Wasser fallen. Das geschah so ungeschickt, dass er mit seinem rechten Fuß in dem Seil am Ende des Kanus hängen blieb.

Milli beobachtete das Geschehen und schrie vor Angst. Thomas versuchte sich zu befreien, dabei war sein panischer Blick auf seinen Neffen gerichtet, der zappelte, um sich irgendwie über Wasser zu halten. Milli beugte sich ein wenig über den Rand und versuchte, Onkel Thomas' Bein aus der Schlinge zu befreien. Es war schwierig, weil er selbst durch die Beinbewegung versuchte, das Seil loszuwerden. Im selben Moment kam Mama angeschwommen. Sie umfasste Joe und brachte ihn schwimmend zum Kanu. Milli zog ihren wimmernden Freund in das Kanu.

Sie hatten gar nicht gemerkt, dass einige Leute vom Campingplatz zum Ufer gekommen waren. Zwei Männer kamen angeschwommen, um zu helfen. Sie schafften es schließlich, Thomas aus der Schlinge zu befreien und halfen ihm ins Kanu.

Mama rief den Kindern zu: »Bleibt ganz ruhig, Milli und Joe! Man wird euch an Land bringen. Ich schwimme zurück.«

Milli nickte, aber über ihr Gesicht liefen Tränen, während sie Joe im Arm hielt, der vor ihr im Boot vor sich hin wimmerte und Wasser spuckte. Dabei hustete er immer wieder. Onkel Thomas saß im Boot und hörte, was die Männer sagten: »Wir bringen euch alle an Land, keine Angst.« Einer von ihnen stieg ins Kanu, griff ein Paddel und begann zu rudern, der andere schwamm voraus.

Milli schaute Onkel Thomas an, dieser blickte schnell zur Seite und starrte gegen die Wand des Kanus, während er sorgenvoll über Joes Haar strich.

Milli weinte leise weiter, bis sie schließlich an Land waren und Mama sie in die Arme schließen konnte. Ein Mann trug Joe in Onkel Thomas' Auto.

Thomas zog Joe schnell aus und umwickelte ihn mit zwei Decken. Dann zog er sich blitzschnell um. Mama bekam ein T-Shirt von Thomas, ihre Jeans war trocken, weil sie diese kurz vor der Rettung noch ausgezogen hatte. Sie setzte sich nach hinten und nahm Joe in den Arm und streichelte ihn. Er wimmerte immer noch. Mama rubbelte ihm die Haare trocken und sprach liebevoll und beruhigend auf ihn ein, während Thomas mit dem Auto zum Krankenhaus fuhr. Milli saß vorn, Onkel Thomas sah sie nicht an, sondern blickte starr auf die Straße. Milli betete leise für ihren Freund und immer wieder liefen ihr die Tränen über das Gesicht.

8. Kapitel

»Wie konnte das passieren?« Frederike kam mit ihrem Mann in den Warteraum des Krankenhauses gestürmt. Mama sprang auf und ging auf sie zu und umarmte sie. Sie wandte ihren Blick zu Stefan, der kreidebleich war.

»Joe ist beim Kanufahren in den See gefallen, weil er aufgestanden ist. Thomas hat ihn sofort versucht zu retten, aber er hat sich in dem Seil am Kanu verfangen und konnte nicht weiterschwimmen. Ich konnte aber schnell hinschwimmen und Joe ins Kanu verfrachten. Zwei Männer vom Campingplatz brachten die Kinder an Land.«

»War Joe bewusstlos, konnte er atmen, hat er sich übergeben?« Stefan fragte all das, was ein typischer Arzt fragt.

Mama antwortete nur: »Nein, bewusstlos war er nicht. Er wird gerade untersucht. Thomas ist bei ihm im Untersuchungsraum dort drüben.«

Sie zeigte auf das Zimmer am Ende des Ganges. Stefan nahm seine Frau an die Hand und eilte zum Untersuchungsraum. Nach ein paar Minuten kam Thomas heraus. Er humpelte gebückt zu Milli und ihrer Mutter.

»Wie geht es Joe?«, fragte Milli vorsichtig und voller Angst.

Thomas antwortete, ohne sie anzuschauen: »Ganz gut. Er wird noch untersucht. Aber so wie es aussieht, ist alles in Ordnung.«

Millis Mama rief aus: »Gott sei Dank!«

Jetzt blickte Thomas auf, sein Blick war starr und kalt. »Aber es hätte schlimm ausgehen können, wenn du ihn nicht gerettet hättest. Ich bin schuld, die Kinder hätten eine Rettungsweste tragen müssen. Ich bin schuld, Stefan hat recht.«

Mama schaute Milli erschrocken an. Hatte Stefan seinem Bruder Vorwürfe gemacht?

Milli nahm Thomas' Hand, weil er ihr so leid tat. »Du bist doch nicht schuld. Du hast dich in dem Seil verfangen, dafür konntest du nichts.«

Mama meinte sanft: »Milli hat recht, Thomas.«

Thomas blickte auf, seine dunklen Augen funkelten. »So? Nein, ich bin schuld. Ihr braucht einen dummen Behinderten nicht zu bedauern. Ich hätte dafür sorgen müssen, dass Joe eine Rettungsweste trägt. Ach, was rede ich? Ich hätte nie mit den Kindern ins Kanu steigen sollen. Was bilde ich mir ein, dass ich als Einbeiniger eingreifen kann, wenn etwas passiert? Nein, ich sollte akzeptieren, dass es falsch ist, immer etwas zu wollen, was nicht mehr geht.«

Milli erschrak über Thomas' Worte und seinen starren Blick.

Auch Mama war betroffen. Sie versuchte wieder, ihn zu beruhigen. »Das ist doch Blödsinn. Du hast alles versucht, und wäre das dumme Seil nicht gewesen, hättest du Joe gerettet. Es ist alles gut gegangen. Niemand hat Schuld.«

Thomas setzte sich auf einen Stuhl und stützte seine Arme auf die Knie und hielt seinen Kopf fest. Seine Stimme klang rau. »Joe hätte tot sein können. Mein Bruder hat recht. Ich sollte mich von Kindern fernhalten.«

Jetzt schaltete sich Milli ein, sie schluckte eine Träne hinunter. »Aber Onkel Thomas, *wir* wollten doch Kanufahren. Und Joe ist doch selber schuld. Er ist aufgestanden. Bitte, Onkel Thomas, sei nicht mehr traurig.«

Onkel Thomas sagte nichts, hielt seinen Kopf immer noch in den Händen und starrte zum Fußboden. Er tat Milli so unendlich leid. Sie dachte daran, wie er gestern Abend den Arm um sie gelegt hatte. Er hatte sie so sanft getröstet.

Auch sie legte ihm jetzt die Hand auf die Schulter. »Onkel Thomas, ich hab dich lieb.«

Onkel Thomas ließ seine Hände sinken. Er schaute Milli

an, wobei ein Lächeln über sein Gesicht huschte. Aber dann wurde er ernst und starrte auf den Fußboden.

»Ich hab dich auch lieb, Milli. Aber ich werde nie auf dich aufpassen können. Besser ist, du hältst dich von mir fern.«

9. Kapitel

Milli seufzte und Joe stimmte mit ein. Sie saßen beieinander auf dem Spielplatz.

Vor einer Woche war das Unglück auf dem Campingplatz passiert und seitdem war nichts mehr, wie es gewesen war. Onkel Thomas besuchte Mama nicht mehr auf einen Kaffee im Kiosk. Und wenn Milli Joe besuchte, war Onkel Thomas nicht da. Er arbeitete jetzt im Krankenhaus als Pförtner.

Aber daran lag es nicht, dass sie Onkel Thomas nicht mehr begegnete. Er hatte sich verändert seit dem Tag am Plöner See und ging Milli und ihrer Mama aus dem Weg.

Und seitdem hatte sich auch Mama verändert. Sie sang nicht mehr beim Kistenpacken.

Und als Milli sie einmal fragte, ob sie Onkel Thomas auch so vermissen würde, seufzte Mama und in ihren Augen sah Milli eine Träne. Sie sagte dann: »Ja, ich vermisse ihn. Aber ich glaube, Milli, wir können nichts machen.«

Milli war so traurig und Mama auch und Joe hatte ein schlechtes Gewissen.

Er seufzte: »Es lag an mir, dass Onkel Thomas so traurig geworden ist, weil er mir nicht helfen konnte und Papa ihn deswegen angeschnauzt hat. Papa hat sich zwar hinterher entschuldigt. Aber Onkel Thomas geht uns allen trotzdem aus dem Weg.«

Milli meinte: »Wir müssen was machen, damit Onkel Thomas wieder fröhlich ist.«

Sie überlegte. »Aber ich weiß nicht was, aber vielleicht kann Gott was machen.«

Mama hatte ihr gesagt, dass Gott einem manchmal gute Ideen schenken kann, wenn man nicht mehr weiter weiß. Und Milli hatte es auch schon mal erlebt bei der Deutscharbeit, als ihr nicht mehr einfiel, ob man »zuhören« zusammenschreibt. Da hatte sie gebetet und es war ihr eingefallen. Vielleicht hatte Gott ja auch eine Idee, wie man Onkel Thomas helfen konnte.

Joe nickte.

In diesem Moment hörten sie eine Stimme.

»Hallo! Habt Lust Ball spielen?« Sassan stand hinter ihnen.

Milli drehte sich abrupt um. »Nee, haben wir nicht.«

»Ich schon.« Joe sprang von der Bank auf.

Jungs! Milli fand es immer okay, dass ihr bester Freund ein Junge war, aber wenn es um Fußball ging, dann nervte es sie.

Joe musste Samstagabend um 18 Uhr nach Hause, um die Sportschau zu gucken und ließ sie auch manchmal in der Pause auf dem Schulhof stehen, wenn die Jungen aus ihrer Klasse ihn zum Fußballspielen einluden. In solchen Momenten störte es sie, dass Joe ein Junge war.

Die Jungen gingen zum Spielfeld und fingen an zu spielen, während Milli gelangweilt zuschaute.

Nach einer Weile erschien eine Gruppe von jungen Leuten. Milli erkannte Nina unter ihnen und auch Phillip war dabei. Millis Herz klopfte. Hoffentlich kamen sie nicht hierher. Ihr war immer mulmig zumute, wenn dieser Phillip auftauchte. Dann sah sie, dass die Gruppe sich auf sie zubewegte. In diesem Moment schoss Sassan den Ball in Joes Richtung, aber er zielte nicht richtig und der Ball traf Phillip am Bein.

Phillip ergriff wütend den Ball und kam auf die Jungen zu, seine Freunde folgten ihm.

Milli stand von der Bank auf, ihr Herz schlug schnell, sie hatte Angst. Auch die Jungen standen jetzt ganz dicht nebeneinander.

Sassan stotterte: »Ich aus Versehen Ball auf dich geschossen. Bitte Entschuldigung.«

Phillip stellte sich wütend vor ihn und fummelte mit seinem roten Feuerzeug vor Sassans Gesicht herum. Das Feuerzeug hatte einen Aufdruck mit einem Totenkopf. »Nicht mal richtig Deutsch kannst du und dann beschießt du Unschuldige mit einem Ball! Was soll das?«

Sassan wurde rot und Joe trat einen Schritt zurück, während Milli näher kam. Sie hatte fürchterliche Angst, aber sie konnte ihre Freunde jetzt nicht im Stich lassen.

Nina meldete sich: »Ach, lass doch, Phillip, es war ein Versehen.«

Phillip drehte sich um, seine Augen funkelten. »So, ein Versehen nennst du das? Du solltest dir überlegen, auf welcher Seite du stehst.«

Dann ergriff er Sassan am T-Shirt-Kragen und zog ihn zu sich heran. Sassans Augen wurden vor Angst ganz groß und Tränen liefen über sein Gesicht und auch Milli und Joe zitterten. Sie blickten flehend zu Nina.

Aber im selben Moment hörten sie von hinten jemanden rufen: »Hey, lass die Kinder in Ruhe!«

Milli drehte sich um. Onkel Thomas kam schnell angehumpelt. Er hatte einen Rucksack auf dem Rücken, wahrscheinlich kam er gerade von der Arbeit. Thomas schob seine Krücke auf Phillips Hand, die immer noch Sassans T-Shirt festhielt. Er drückte die Krücke mit aller Gewalt nach unten, sodass Phillip loslassen musste.

»Hey, was soll das!«, rief er aus. »Was mischen Sie sich da ein?«

Onkel Thomas schaute ihn wütend an. »Du bist älter und größer als die anderen und du bedrohst einen kleinen Jungen. Schämst du dich nicht?«

Phillip winkte verächtlich ab: »Was haben Sie mir schon zu sagen? Sie sind ein Krüppel!«

Bevor Onkel Thomas etwas erwidern konnte, rief Nina aufgebracht: »Spinnst du, Phillip? Was soll das? Das ist mein Onkel Thomas. Wie redest du mit ihm?«

Sie stellte sich jetzt zu den Kindern und neben Onkel Thomas.

Dieser rief: »Mach, dass du fortkommst. Solche Kerle wie du sind hier unerwünscht. Und wenn ich dich noch einmal erwische, wie du kleine Kinder belästigt, dann kannst du was erleben.«

Onkel Thomas zielte mit seiner Krücke direkt auf ihn, sodass das Ende der Krücke nur zehn Zentimeter von seinem Gesicht entfernt war.

Und Nina schrie: »Geh einfach, Phillip!«

Phillip wandte sich an Nina und zischte ihr zu: »Mit dir bin ich fertig!«

Dann ging er und die anderen trottelten hinter ihm her.

Sassan zitterte immer noch. Er kämpfte mit den Tränen. Onkel Thomas legte die Hand auf seine Schulter. Das erinnerte Milli an das Lagerfeuer am Plöner See.

»Es ist alles gut, Sassan. Der wird dir nichts mehr tun.«

Dann wandte er sich an Nina und seine Worte kamen wütend über die Lippen: »Ich wusste nicht, dass du solche Freunde hast!«

Nina wurde verlegen. »Ach, ich bin ja gar nicht so befreundet mit denen. Und Phillip, den habe ich heute das letzte Mal getroffen.«

Joe meldete sich: »Na, da wird Sina sich aber freuen. Du hattest ja gar keine Zeit mehr für sie.«

Thomas wandte sich an alle: »Wenn dieser Phillip oder einer von denen euch noch mal irgendwie belästigt, dann sagt mir Bescheid.«

Milli lächelte stolz. »Onkel Thomas, du hast uns gerettet.«

Sie dachte an das Gebet, dass sie sprechen wollte, damit Onkel Thomas wieder in den Kiosk kam und nicht so traurig war wegen Joes missglückter Rettung. Vielleicht hatte Gott schon geholfen, ohne dass sie beten mussten. Aber als sie in Onkel Thomas' ernstes Gesicht sah, merkte sie, dass sich an seiner Einstellung nichts geändert hatte.

»Gerettet? Nein, ich habe euch nicht gerettet. Das kann ich ja gar nicht, nur mit einer Krücke als Waffe.«

Milli schaute zu Joe und sie sah an seinem traurigen Gesicht, dass er genau dasselbe dachte wie Milli.

Onkel Thomas wandte sich an Nina. »Wir sehen uns dann zu Hause. Tschüss, alle zusammen. Und noch viel Spaß beim Spielen.« Traurig humpelnd ging er davon.

10. Kapitel

Milli räumte die Zeitschriften in den Ständer ein. Im selben Moment hörte sie die Klingel der Tür.

Sassan erschien mit seiner Mutter. Sassans Mutter war ganz klein, hatte schwarzes langes Haar und trug einen langen grauen Rock und eine etwas zu kleine blaue Strickjacke.

Sie lächelte Milli zu. »Guten Tag. Ich will kaufen Zeitung.«

Mama kam aus dem Lager und lächelte. »Ja, gern. Soll es die Tageszeitung sein?«

Sassans Mutter machte ein nachdenkliches Gesicht. Wahrscheinlich hatte sie nicht richtig verstanden, was Mama meinte. »Ich suche Zeitung mit Arbeit für Putzfrau. Ich mich bewerben will, hab meinen Deutschkurs jetzt abgeschlossen und kann mir Arbeit suchen.«

Millis Mama lächelte. »Ich verstehe. Dann ist die Tageszeitung am besten. Dort stehen die Anzeigen aus unserer Stadt drin.«

Sie nahm die Zeitung aus dem Ständer und reichte sie Sassans Mutter. Sassans Mutter suchte Kleingeld aus ihrer Jackentasche und gab es Sybille.

Diese steckte es in die Kasse und sagte: »Ich wünsche Ihnen viel Erfolg beim Suchen.«

Sassans Mutter lächelte.

Da ging die Kiosktür auf und Phillip erschien mit den beiden Freunden, die schon mal wegen dem Bier hier waren. Milli legte die Zeitschriften zur Seite und ging schnell zu ihrer Mutter. Sie zitterte ein bisschen.

Phillip sah Sassan und sein Gesicht verdunkelte sich. »Na, da ist ja der kleine Ballspieler.« Er wandte sich an Sassans Mutter. »Dein Sohn hat mich mit einem Ball beschossen. Du solltest mal besser auf ihn aufpassen!«

Sein Gesicht war kalt und Milli bekam eine Gänsehaut.

Sassans Mutter stammelte: »Tut leid.«

Sassan meldete sich und Milli sah, dass seine Hände zitterten: »Ich nicht wollte. Bitte, entschuldigen.«

Phillip lachte höhnisch. »Mann, bevor du dich entschuldigen willst, lerne erst mal richtig Deutsch.« Er wandte sich an seine Freunde. »Diese dreckigen Ausländer hier, sollen doch erst einmal Deutsch lernen oder am besten gleich verschwinden, wir haben schon genug hier.«

Er wandte sich an Sybille, ohne noch einen Blick an Sassan zu verschwenden.

»Wir wollen Kaugummi.« Er zeigte auf den Ständer, der mit verschiedenen Kaugummis gefüllt war. »Pfefferminzkaugummi.«

Mama schaute ihn wütend an, sie verschränkte ihre Arme. »Tut mir leid, für Kunden wie dich bin ich nicht da. Leute, die so mit unseren ausländischen Mitbürgern sprechen, haben hier nichts zu suchen. Ich möchte, dass du diesen Kiosk verlässt und nicht wiederkommst. Du hast hier Hausverbot.«

Milli zitterte jetzt nicht mehr vor Angst, sondern vor Aufregung und vor Stolz, dass Mama so etwas sagte. Auch sie verschränkte ihre Arme, so, als wollte sie ihre Mutter mit dieser Haltung unterstützen.

Phillip bekam einen ganz roten Kopf, so wie auf dem Sportplatz. »Das ist ja wohl eine absolute Frechheit!« Er wandte sich an seine Freunde und warf Sassan und seiner Mutter einen verächtlichen Blick zu: »Kommt, lasst uns gehen. Hier werden nur dreckige Ausländer bedient.«

Als er an der Tür angekommen war, war sein Blick auf Millis Mama gerichtet: »Das alles werden Sie noch sehr bereuen.«

Milli erschauderte innerlich, als sie Phillips bösen Blick sah. Dann knallte die Tür ins Schloss.

Sassans Mutter sagte leise: »Danke, Sie sehr nett sind.«

Millis Mutter lächelte. »Ist schon gut. Ich kann solche Typen nicht ausstehen.«

Sassans Mutter weinte leise: »Ich solche Angst habe vor bösen Menschen.«

Mama ging zu ihr und legte den Arm um sie. »Sie brauchen keine Angst haben. Sie sind hier in Sicherheit. Diese dummen Jungen können Ihnen nichts tun.«

Dann wandte sie sich an Milli. »Milli, gib Sassan bitte mal ein Getränk aus dem Kühlschrank.«

»Und Sie ...« Sie streichelte über den Rücken von Sassans Mama. »Sie trinken jetzt erst mal einen Kaffee.«

Diese nickte. »Sie sehr nett. Danke.«

Millis Mama lächelte und gab ihr die Hand. »Ich heiße Sybille und wenn Sie irgendwelche Hilfe brauchen, dann kommen Sie zu mir.« Sassans Mama lächelte und wischte sich die Tränen aus dem Gesicht. »Ich heißen Kamilah. Danke!«

Während Milli für Sassan eine Flasche Orangenlimonade aus dem Kühlschrank holte, lächelte sie vor sich hin. Sie war so stolz auf Mama. Aber dann dachte sie an Phillips Worte: »Das werden Sie noch bereuen.« Ein sehr unangenehmes Gefühl erfasste sie. Was dieser Phillip wohl vorhatte?

11. Kapitel

Milli erzählte Joe am nächsten Tag von dem Erlebnis im Kiosk. Joe staunte nicht schlecht. »Deine Mama ist aber ganz schön mutig.«

Milli lächelte stolz. »Ja, das ist sie.«

Joe überlegte: »Sie würde wirklich gut zu Onkel Thomas passen, der hat ja auch vor nichts Angst.«

Milli nickte traurig. »Aber im Moment denkt Onkel Thomas, dass er nichts kann.«

Dabei hatte sie um eine Idee gebetet, Onkel Thomas helfen zu können. Aber es war ihr nichts eingefallen.

Joe nickte traurig: »Ja, er ist immer noch so komisch. Er redet ganz wenig mit uns, ist immer nur in seiner Wohnung oder im Krankenhaus beim Arbeiten. Papa ist schon ganz traurig und er hat ein schlechtes Gewissen, weil er ihm Vorwürfe gemacht hat wegen meinem Badeunfall. Dabei hat Papa sich entschuldigt.«

Milli seufzte. »Zu uns in den Kiosk kommt er ja auch nicht mehr. Ich vermisse ihn sehr und Mama auch.«

Ach, es war so traurig und morgen würde Joe noch mit seiner Familie für eine Woche nach Italien fahren. Milli fühlte sich schon so allein.

Joe überlegte: »Ich wünschte, Onkel Thomas wäre wieder der Alte. Er denkt immer noch, dass alles seine Schuld war, dass ich ins Wasser gefallen bin. Dabei bin *ich* doch aufgestanden.«

Milli nickte, sie wusste nicht mehr, was sie noch tun sollten. Sie dachte oft an den Abend am Lagerfeuer zurück, wo sie sich so toll mit Onkel Thomas unterhalten hatte. Sie hatte sogar daran gedacht, dass er vielleicht ihr Stiefvater werden könnte. Aber jetzt war alles aus.

Als sie noch traurig vor sich hin seufzte, hörte sie plötzlich, wie ihre Mutter sie rief.

»Emilia!«

Milli zuckte zusammen. Was hatte sie jetzt wieder angestellt? Sie ging den Vormittag durch. Nein, es war alles in Ordnung. Sie stand von der Bank vor dem Kiosk auf. »Kommst du mit?«

Joe nickte. Sie öffnete die Kiosktür. Oma stand vor dem Tresen. Sie trug eine knielange Hose und eine weiße Seidenbluse. Der Duft ihres Parfums drang zu ihr rüber.

»Hallo, meine Süße.«

Milli ging zu ihr und umarmte sie. Sie nieste und fragte: »Oma, was machst du denn hier?«

Oma begrüßte Joe und sagte dann: »Ich dachte mir, dass du vielleicht ab morgen etwas traurig bist, wenn Joe in den Urlaub fährt und da habe ich mir gedacht, wir beide fahren auch weg.«

Milli seufzte. Was sollte sie bloß sagen? Sie wollte nicht wegfahren. Wenn Oma ihr angeboten hätte, in einem Zelt zu übernachten, dann ja. Aber auf keinen Fall wollte sie in ein Luxushotel. Außerdem wollte sie Mama nicht allein lassen. Mama war traurig, dass Onkel Thomas nicht mehr kam und dann dachte sie auch immer wieder an Phillips Warnung. Auch wenn Mama gesagt hatte, dass er ihr nichts tun konnte, hatte Milli so ein komisches Gefühl und wollte lieber hierbleiben

»Danke, Oma. Das ist sehr lieb, aber ich würde lieber hier bei Mama bleiben.«

Milli versuchte, so höflich wie möglich zu antworten.

Oma zog die Stirn nach oben und schaute ernst. Sie wandte sich an ihre Schwiegertochter: »Sybille, versuch du sie doch bitte zu überzeugen. Was soll das Kind hier? Ihre letzten Ferientage in einem Kiosk zu verbringen, das ist doch wirklich nicht gut für sie.«

Mama versuchte, vorsichtig zu antworten. Natürlich wusste sie von Milli, dass ihr die Urlaube mit ihrer Oma nie richtig gefallen hatten. »Es ist sehr nett von dir, Marianne, dass du ihr den Urlaub anbietest, aber wenn Milli lieber hierbleiben will, dann kann man wohl nichts machen.«

An Omas Stirn bildeten sich viele Falten und sie wurde rot. »So, das ist jetzt also deine Unterstützung. Du kannst dem Kind nichts bieten, Kiosk tagein, tagaus. Und dann lässt du es nicht mal zu, dass sie mit mir in den Urlaub fährt!«

Mama strich sich eine Strähne über das linke Ohr. Sie versuchte ruhig zu bleiben: »Bitte, Marianne, das hat doch damit nichts zu tun. Aber vielleicht ist so ein Luxusurlaub nichts für sie.«

Jetzt war Omas Gesicht so rot wie eine Tomate. »So, Luxusurlaub ist nichts für sie! Sybille, ich habe mich wirklich oft gefragt, warum mein Sohn dich geheiratet hat, aber dass du auch noch undankbar bist ... Ich spendiere deinem Kind, meiner Enkelin, einen Super-Urlaub und dann ist das auch nicht richtig! Was stellst du dir denn vor? Soll Milli ihr ganzes Leben hier in diesem Kiosk verbringen und ihn vielleicht auch noch übernehmen, wenn sie groß ist? Sind das die Zukunftsperspektiven für dein Kind? Mein Sohn würde das, wenn er es sehen könnte, absolut nicht akzeptieren. Er würde dich für verrückt erklären. Hast du eigentlich auch mal daran gedacht?«

In Mamas Augen bildeten sich Tränen. »Ich denke jeden Tag an Ralf.«

Milli hatte alles angehört, sie war so wütend auf ihre Oma. Wie konnte sie ihre Mutter nur so fertigmachen, dass sie weinen musste.

Sie dachte plötzlich an das, was Onkel Thomas ihr am Plöner See gesagt hatte. Sie solle ihrer Oma sagen, dass es ihr nicht gefiel, wenn sie unfreundlich zu Mama war.

Sie verschränkte ihre Arme und rief: »Oma, warum bist du immer so gemein zu Mama? Immer hast du was an Mama auszusetzen! Ich mag das nicht und ich will es nicht mehr hören! Wenn du nicht aufhörst damit, dann will ich dich nicht mehr besuchen!« Sie stampfte mit dem Fuß auf, um zu zeigen, wie wütend sie war.

Oma schaute sie entsetzt an. Dann wandte sie sich an ihre Schwiegertochter: »Das ist also deine Erziehung, das Kind wird frech und du sagst nichts!«

Mama gab einen Schluchzer von sich. »Was soll ich sagen, sie hat doch recht.«

Es war wieder einen Augenblick still.

Oma nahm wütend ihre Tasche vom Stehtisch. »So ist das also! Wenn das so ist, dann habe ich hier nichts mehr verloren. Nichts. Ich komme nicht wieder.«

Beim Hinausgehen wandte sie sich an Milli. »Du kannst mich jederzeit besuchen, Milli. Und wenn du dich bei mir entschuldigen willst, bin ich bereit dazu.«

Milli stampfte mit dem Fuß auf. Tränen der Wut stiegen in ihr auf. »*Du* musst dich entschuldigen, nicht ich.«

Oma stieß ein entsetztes »So?« aus, dann eilte sie an Joe und Milli vorbei und ging, dabei fiel die Kiosktür lautstark ins Schloss.

Milli ging schnell zu ihrer Mutter und legte den Arm um sie. Diese versuchte, durch die Tränen hindurch zu lächeln. Dann wurde sie ernst. »Ich glaube, deine Oma hat recht. Vielleicht war die ganze Idee mit diesem Kiosk Quatsch.«

Milli erschrak. Wenn Mama den Kiosk verkaufen würde, hätte sie wieder Grund, traurig zu sein und ständig an Papa zu denken.

»Nein!«, rief Milli aus. »Der Kiosk hat uns gerettet und wir behalten ihn.«

Mama strich Milli liebevoll über den Kopf. »Weißt du, du hast sehr viel von deinem Vater geerbt.«

Milli lächelte, obwohl sie den Kloß im Hals hatte. Und mit einem Mal musste sie an Onkel Thomas denken. Wenn er bloß hier wäre, er könnte ihnen bestimmt helfen.

12. Kapitel

Lustlos blätterte Milli in einer Kinderzeitschrift, während Mama im Lager aufräumte und vor sich hin schimpfte, weil irgendwie alles nicht so gelang, wie sie es wollte.

Heute war Joe mit seiner Familie in den Urlaub gefahren. Es war schon alles so schlimm seit diesem fürchterlichen Streit gestern mit Oma, und nun war Joe auch noch weg.

Milli seufzte. Es tat ganz doll weh, wenn sie an Oma dachte. Aber sie konnte nicht zu Oma gehen, sie war so gemein zu Mama gewesen. Es ging nicht.

Mama rief von hinten: »Ich geh kurz in die Wohnung, kochen. Sagst du mir Bescheid, wenn Kundschaft kommt?«

Milli murmelte zustimmend.

Mama war schon eine Weile verschwunden, als die Kiosktür sich öffnete.

Onkel Thomas kam herein und schaute zu Milli herüber. »Hallo Milli.« Er lächelte ganz leicht.

»Onkel Thomas!« Milli blickte erfreut auf und legte die Zeitschrift zur Seite. Sie ging auf ihn zu und umarmte ihn einfach. Er ließ es geschehen und als sie sich von ihm löste, entdeckte sie eine Träne in seinen Augen.

»Ich dachte, ich schaue mal nach dir. Joe hat mir erzählt, dass ihr gestern keinen schönen Tag hattet.«

Milli nickte traurig. »Oma kommt nicht mehr. Sie hat Mama ausgeschimpft und ist gegangen.«

Onkel Thomas wurde ernst. »Das ist schlimm. Aber meinst du nicht, dass man das kitten kann?«

Milli schüttelte den Kopf und erzählte dann alles, was geschehen war.

Onkel Thomas hörte zu. Als Milli fertig war, sagte er: »Das ist schlimm. Aber ich denke, deiner Oma tut es bestimmt schon leid.«

Sie verschränkte die Arme. »Dann soll sie es Mama sagen.«

»Da hast du recht. Sie muss sich bei deiner Mutter entschuldigen.«

Es war einen Augenblick still.

Dann sagte Milli leise: »Onkel Thomas, ich hab dich sehr vermisst.« Und sie fügte hinzu: »Und Mama auch.« Onkel Thomas lächelte und strich ihr über den Kopf und in Millis Herz kribbelte es ganz komisch. Aber dann zog er seine Hand ganz plötzlich weg und sein Gesicht wurde wieder ernst.

Im selben Moment hörten sie Mama. Sie rief von hinten: »Milli, Essen ist fertig.«

Milli rief aufgeregt zurück: »Onkel Thomas ist hier!«

Mama kam in den Verkaufsraum. Ihre Wangen waren gerötet. »Thomas, schön, dass du da bist. Möchtest du mitessen?«

Einen Moment war es still und Mama und Onkel Thomas schauten sich nur an.

Aber dann wandte Onkel Thomas seinen Blick abrupt zur Seite. »Nein, ich komme gerade von der Arbeit, es ist besser, wenn ich jetzt gehe.« Er wandte sich zur Tür.

Mama versuchte es noch einmal: »Vielleicht hast du ja Lust, ein anderes Mal herzukommen zum Essen.«

Onkel Thomas schaute sich traurig um: »Nein, ich glaube nicht. Aber vielen Dank.«

Mama starrte ihn an und Milli blickte zu Boden. Onkel Thomas wollte nicht zu ihnen gehören.

Milli beobachtete ihn traurig, als er die Tür öffnete. Sie sah nicht, wie Mama sich Richtung Lager umdrehte und den Karton übersah, der davorstand.

Als ihre Mutter aufschrie, drehte sie sich um und sah, dass Mama am Eingang des Lagers lag. Milli lief zu ihr, gefolgt von Onkel Thomas, um ihr aufzuhelfen.

Mit schmerzverzerrtem Gesicht versuchte Mama sich aufzurichten. Sie humpelte mithilfe der beiden zum Stuhl neben der Kasse und rieb sich dann über den linken Fuß.

Onkel Thomas kniete mit dem rechten Bein neben ihr und zog ihr die Socke aus. Der Fuß war dick. »Das sieht nicht gut aus. Ich bringe dich ins Krankenhaus.«

In Mamas Augen bildeten sich Tränen. »Oh nein, lieber nicht. Der Kiosk! Wer soll denn hier aufpassen?«

Onkel Thomas war fest entschlossen: »Der Kiosk wird für heute geschlossen. Den Fuß muss sich auf jeden Fall ein Arzt anschauen. Mein Auto steht vor der Tür. Ich fahre dich. Milli, du kommst mit.«

Milli nickte, sie schluckte die Tränen hinunter. Mama tat ihr so leid. Thomas führte Sybille zum Auto. Milli schloss die Tür ab und hängte ein Schild an die Tür: »Heute geschlossen.«

Dann setzte sie sich nach hinten ins Auto. Onkel Thomas lenkte das Auto durch die Straßen und redete zwischendurch beruhigend auf Mama ein. Milli hatte große Angst. Wenn es nun was Schlimmes war!

Im Krankenhaus angekommen, musste Sybille zum Röntgen. Milli und Thomas warteten im Warteraum.

Thomas legte den Arm um sie. »Mach dir keine Sorgen, Milli. Es wird alles wieder gut.«

Milli hatte wieder dieses wärmende Gefühl im Herzen und ihre Angst rückte ein wenig zur Seite.

»Zum Glück warst du da, Onkel Thomas«, sagte Milli erleichtert. Vielleicht würde Onkel Thomas jetzt nicht mehr denken, dass er nicht genug auf sie und Mama aufpassen könnte.

Onkel Thomas lächelte, sagte aber nichts. Eine Weile saßen sie schweigend nebeneinander. Dann erinnerte Onkel Thomas Milli an den schönen Nachmittag bei den Karl-May-Festspielen. Milli war wieder voll begeistert und sie lachten beide über Joe, der seit diesem Tag eine Feder neben seinem Bett liegen hatte.

»Er will es nicht zugeben, Milli. Aber er wäre am liebsten ein Indianer«, sagte Onkel Thomas.

Milli lachte. »Ja, das glaube ich auch. Immer wenn ich Indianer-Joe zu ihm sage, antwortet er. Ich glaube, er mag das.«

Onkel Thomas zwinkerte ihr zu. »Ja, das denke ich auch.«

Sie lachten über Joe. Und Milli war so dankbar, dass Onkel Thomas sie von der Angst um Mama ablenkte.

Nach einer Weile kam Sybille angehumpelt, sie trug eine Gipsschiene. Unglücklich sagte sie: »Der Fuß ist angebrochen. Ich muss vier Wochen eine Schiene tragen.«

Milli umarmte ihre Mama, sie tat ihr so leid.

»Wie soll es bloß werden mit dem Kiosk?«, fragte Mama verzweifelt.

Thomas meldete sich: »Ich helfe euch. Ich werde sehen, dass ich im Krankenhaus die Nachtschichten bekomme, dann kann ich euch tagsüber helfen.«

Mama schüttelte den Kopf. »Das geht doch nicht, du musst doch auch mal schlafen.«

»Ach, kein Problem. Das schaffe ich schon.« Onkel Thomas erhob sich langsam mithilfe seiner Krücke. Milli lächelte. Sie war so froh, dass Onkel Thomas da war.

13. Kapitel

Milli setzte sich im Bett auf. Hörte sie richtig? Ja, sie hörte aus Mamas Zimmer ein leises Schluchzen. Ob sie Schmerzen hatte?

Milli sprang schnell auf und machte sich auf den Weg in Mamas Schlafzimmer.

Sie öffnete leise die Tür.

Mama schaute auf, sie saß im Bett und hatte einen Brief vor sich, der heute in der Post war.

Als sie aus dem Krankenhaus gekommen waren, hatte sie ihn gelesen. Und seitdem war Mama so komisch still gewesen.

Mama wischte schnell die Tränen fort und Milli setzte sich zu ihr ins Bett.

»Hast du Schmerzen, Mama?« Sie blickte auf den Gipsfuß, der auf der Bettdecke ruhte.

»Nein, nein, es ist alles gut.« Schnell legte sie den Brief zur Seite.

Milli ließ nicht locker: »Mama, was steht in dem Brief?«

Mama streichelte über Millis Haar und schwieg.

»Bitte, Mama. Sag es doch, irgendetwas stimmt nicht.«

Mama seufzte. »Es ist alles gut, mein Schatz. Ich mach mir nur Sorgen wegen meinem Fuß, aber mit Thomas' Hilfe werden wir es schon schaffen.«

Milli nickte und war ein wenig beruhigt. »Ja, das glaube ich auch. Ich kann auch ganz toll helfen. Und wenn Frederike, Sina und Nina wieder da sind, helfen die auch, das weiß ich.«

Mama nickte. »Bestimmt!« Aber der Sorgenschleier um ihre Augen war nicht verschwunden.

Milli kuschelte sich in Mamas Arm. »Mama, ich bin so froh, dass Onkel Thomas uns hilft.«

Mama drückte ihre Tochter an sich. »Ja, ich auch. Er ist wirklich ein sehr guter Mensch.«

Milli musste gähnen und schloss die Augen. »Ja, hoffentlich denkt er auch mal daran und vergisst sein Bein.« Sie dachte an das Ereignis am Plöner See.

Sie hörte nicht mehr, wie Mama sagte: »Ja, das hoffe ich so sehr. Er ist ein besonderer Mann ... Milli, ich glaube, ich habe Onkel Thomas sehr lieb. Und du?« Aber Milli konnte nicht mehr antworten, sie war eingeschlafen.

Am nächsten Morgen stand Milli früh auf, machte Frühstück und brachte es Mama ans Bett.

Mama war begeistert und umarmte Milli. »Das ist lieb, mein Schatz. Du bist wirklich eine große Hilfe.«

Milli nickte stolz. »Und jetzt geh ich in den Kiosk. Mal sehen, ob Onkel Thomas schon da ist.«

Mama seufzte und schaute auf ihren Gips. »Nachher komme ich auch. Ich kann zumindest auf dem Stuhl sitzen und kassieren.«

Milli umarmte ihre Mutter, ihr Blick fiel dabei auf den Brief auf dem Nachttisch.

Schnell steckte sie ihn heimlich unter ihren Pullover, bevor sie ging.

Als sie im Kiosk ankam, war Onkel Thomas schon damit beschäftigt, den Karton, über den Mama gefallen war, auszupacken und die Zeitschriften wegzuräumen.

Milli staunte: »Hallo, Onkel Thomas, du bist ja schon da.«

Thomas lächelte: »Guten Morgen, Milli. Wie geht es deiner Mutter?«

Milli seufzte ein bisschen. Dann zeigte sie Onkel Thomas den Brief.

»Mama macht sich Sorgen wegen diesem Brief.«

Onkel Thomas nahm ihn und las. Dabei legte er die Stirn in Falten. Milli bekam ein bisschen Angst. Was hatte das zu bedeuten?

Als er aufblickte, sagte er: »Der Brief ist von der Bank.«

Milli wusste, dass sie Schulden hatten bei der Bank, denn das Geld von Papas Erbe reichte nicht ganz für den Kiosk.

»Ist es wegen der Schulden?«

Onkel Thomas nickte und gab Milli den Brief wieder. Seine Falten an der Stirn waren nicht verschwunden.

Milli wurde ungeduldig. »Onkel Thomas, sag doch was!«

In diesem Moment hörten sie einen Knall an der Tür und Gelächter. Onkel Thomas humpelte, so schnell er konnte, zur Tür und öffnete. Milli war ihm gefolgt. Sie sahen noch, wie Phillip und seine Freunde wegliefen.

Thomas rief ihnen hinterher: »Hey, was wolltet ihr?«

Millis Blick fiel auf die Kiosktür. Auf der Tür prangte ein Schriftzug in roter glänzender Farbe: »Ausländerfreundin.« Milli zupfte an Onkel Thomas' Pullover. Ihr Herz klopfte laut vor Angst. Onkel Thomas sah auf das, was Phillip und seine Freunde gerade an die Tür geschrieben hatten.

Er wurde rot vor Zorn. »Diese Idioten!«, rief er aus. Er nahm sein Handy und machte ein Foto. »Damit soll sich die Polizei befassen.«

Milli zitterte vor Angst. War das die Rache, von der Phillip gesprochen hatte? Drinnen erzählte Milli Onkel Thomas von dem Erlebnis, als Phillip hier Sassan und seine Mutter beschimpft und Mama ihm Hausverbot erteilt hatte.

Onkel Thomas hörte entsetzt zu und dann sagte er: »Deine Mama ist eine bewundernswerte Frau.«

Milli nickte stolz.

Thomas ging ins Lager und holte einen Eimer und Lappen. »Wir müssen das ganz schnell wegmachen, bevor deine Mama kommt. Die hat im Moment genug andere Sorgen.«

Milli nickte und nahm ihm den Eimer aus der Hand. »Das mache ich!«

Im selben Moment kamen einige Kunden und Milli verschwand nach draußen.

Als sie mit dem Saubermachen fast fertig war, kam Sassan vorbei. »Du putzen heute?«

Milli nickte, sie wollte Sassan nicht sagen, was die Jungs an die Tür geschrieben hatten. Sie erzählte ihm nur, dass ihre Mama gestürzt war und Onkel Thomas am Vormittag auf den Laden aufpasste.

Sassan schaute sie mitleidig an: »Deine arme Mama! Sie so nett zu Mutter.«

Milli nickte, während sie die Tür öffnete. Sassan verabschiedete sich.

Im Kiosk war eine Menge zu tun, doch Thomas konnte mit Millis Hilfe alle Kunden bedienen. Zwischendurch erschien Mama, aber Thomas schickte sie energisch wieder nach oben. Sie solle sich bis heute Nachmittag ausruhen. Mama folgte, wenn auch nicht glücklich, seiner Anweisung.

Gegen Mittag erschien Sassan mit seiner Mutter Kamilah. Sie hatte einen Korb dabei mit zwei Töpfen. Es roch nach orientalischen Gewürzen.

»Ich Essen bringe für arme Sibil und Milli. Sassan gesagt, sie Unfall hatte.«

Thomas lächelte. »Das ist aber nett von Ihnen.«

Sassans Mutter stellte den Korb auf die Theke. »Millis Mutter sehr mutig, sie uns geholfen hat, als die bösen Jungen da waren.«

Thomas nickte und schaute Milli an. Beide dachten an das Erlebnis von heute morgen, sagten aber nichts.

Milli nahm den Korb. »Vielen Dank. Ich bringe das Essen Mama.«

Kamilah nickte heftig, dabei bekam sie einen ganz roten Kopf. »Sag ihr, ich morgen komme und mache bei ihr Haushalt.«

Milli schaute etwas verlegen. Wie sollte Mama das bezahlen? Sie dachte an die Schulden bei der Bank. Kamilah schien ihre Gedanken zu lesen. »Ohne Geld. Sie mir so geholfen hat und Sassan. Ich ihr gern helfe.«

Milli nickte glücklich. »Das ist nett, danke.«

Sybille war gerührt von dem Angebot von Sassans Mutter, als sie herunterkam und davon erfuhr. Milli hatte den Tisch im hinteren Raum gedeckt. Kamilah war schon wieder gegangen, aber Mama wollte sich am nächsten Tag bei ihr bedanken.

Als Mama sich setzte, fragte sie Milli und Thomas, ob alles geklappt hatte und heute Morgen etwas Besonderes gewesen sei.

Die beiden schauten sich an, sie dachten an die gemeine Aktion von Phillip und seinen Freunden, sagten aber nichts.

»Es lief alles gut, mit Millis Hilfe habe ich alles gefunden«, sagte Thomas, während er Mama das Reisgericht auf den Teller füllte. In dem Moment ging die Kiosktür.

Thomas erhob sich. »Ich geh schon.«

Milli schöpfte sich auch von dem Essen auf ihren Teller. Reis gehörte nicht gerade zu ihren Lieblingsgerichten. Aber es war doch nett von Kamilah, zu kochen. Deshalb wollte sie wenigstens probieren. Die orientalischen Gewürze stiegen ihr in die Nase.

Sie hörte aus dem Kioskraum, wie Thomas leise mit einer Frau sprach. Dann kam er ins Hinterzimmer, gefolgt von Oma.

»Ihr habt Besuch!«, sagte er freundlich.

Milli sah Oma und sie hatte mit einem Mal alles vergessen, was Oma gesagt hatte und stürzte auf sie zu und umarmte sie.

Oma beugte sich zu Milli. »Milli, es tut mir so leid.« Dann richtete sie sich auf und streckte Mama die Hand hin. »Sybille, kannst du mir verzeihen? Ich habe wirklich Dinge gesagt, die ich nicht hätte sagen sollen und auch überhaupt nicht so meinte. Es tut mir sehr leid. Bitte verzeih mir.«

Mama schaute Oma erstaunt an. Auch Milli hatte den

Mund aufgerissen. Oma entschuldigte sich. Das war wie ein Wunder!

Mama beugte sich nach vorn und gab ihr die Hand: »Es ist gut, Marianne. Ich verzeihe dir.«

Onkel Thomas zwinkerte Milli zu. Milli war so glücklich. Sie griff Omas andere Hand und beendete damit den feierlichen Moment. »Oma, du musst unbedingt mitessen. Sassans Mama hat gekocht.«

Oma schaute auf die Töpfe auf dem Tisch. »Oh, ich habe euch auch etwas zu essen mitgebracht vom Italiener: Pizza! Nachdem Herr Heyden mir gestern erzählt hat, dass Sybille diesen Unfall hatte, habe ich mir gedacht, ich bringe euch Essen vorbei.«

Mama schaute Onkel Thomas an: »Du warst bei Marianne?« Thomas nickte.

Und Oma fügte hinzu: »Wir haben uns sehr nett unterhalten. Aber was machen wir jetzt bloß mit der Pizza?«

»Essen!«, rief Milli, während sie Oma den Beutel mit den Pizzen aus der Hand riss.

»Ehrlich gesagt, mag ich Pizza lieber als Reis.«

Mama und Oma lachten und Mama fügte hinzu: »Und den Rest essen wir morgen.«

Sie zog einen Stuhl unter dem Tisch hervor. »Hier, Marianne, setz dich.«

Oma lächelte und nahm das Angebot an. Beim Essen erkundigte sich Oma nach Mamas Bein.

Mama seufzte ein bisschen: »Ach, ich weiß auch nicht, wie das alles werden soll. Heute Morgen hat Thomas im Kiosk geholfen. Und nachher werde ich mich einfach an die Kasse setzen und die Kunden bitten, mir die Sachen zu reichen, die sie haben wollen.«

»Ich bin ja auch noch da!«, sagte Milli.

Thomas nahm einen Löffel Reis. »Und ich auch, ich kann doch bleiben.«

Mama schüttelte den Kopf. »Nein, auf keinen Fall! Du gehst nach Hause und legst dich hin. Schließlich musst du heute Abend noch ins Krankenhaus zur Nachtschicht.« Thomas wollte protestieren, aber Mama hielt den Zeigefinger hoch. »Keine Widerrede! Wie sehr du mir hier geholfen hast, das kann ich schon gar nicht wieder gutmachen.«

Thomas schmunzelte: »Das habe ich gern gemacht!«

Mama und er lächelten sich einen Moment an und Milli hatte wieder dieses warme Gefühl im Bauch. Aber dann wandte sich Onkel Thomas mit einem Mal abrupt ab und murmelte, er hätte im Kiosk noch eine Menge zu tun. Mama schaute ihm traurig nach.

14. Kapitel

Mama saß vor der Kasse und seufzte, während Milli den Kiosk ausfegte.

»Milli, ich habe ein schlechtes Gewissen, du hast Ferien und nun musst du mir auch noch im Kiosk helfen.«

Milli legte den Besen zur Seite. »Das macht doch nichts, Mama. Ich mache das gern, habe doch sowieso nichts zu tun, jetzt, wo Joe weg ist. Und wir haben doch vormittags Onkel Thomas.«

Mama lächelte. Thomas hatte heute Vormittag den Kiosk übernommen, bis sie ihn nach Hause geschickt hatte, schließlich musste er heute Abend wieder im Krankenhaus arbeiten.

Mittags war Oma da gewesen und hatte gefragt, ob sie irgendetwas tun könne. Wieder hatte sie leckeres Essen aus dem Restaurant dabei. Mama hatte abgewinkt. Sie konnte ja nun wirklich nicht von Oma verlangen, hier im Kiosk zu helfen. Sie tat schon genug für sie.

Mama und Milli waren wirklich glücklich, dass Oma sich entschuldigt hatte. Onkel Thomas hatte ein Wunder bewirkt. Oder wohl eher Gott, denn Milli hatte nach dem Streit dafür gebetet, dass Oma wieder zurückkommen würde.

Und Gott konnte vielleicht auch das Gebet erhören, dass Thomas nicht mehr glauben würde, nicht genug auf Milli und ihre Mutter aufpassen zu können. Schließlich half er ihnen im Kiosk. Aber er war immer noch so komisch zurückhaltend, vor allem zu Mama. Trotzdem wollte Milli nicht aufhören, für ein Wunder zu beten.

Milli ging zu ihrer Mutter hinter die Theke.

»Irgendwie ist durch deinen Unfall aber auch echt viel Tolles passiert, Oma hat sich entschuldigt, Onkel Thomas ist wieder da und Sassans Mutter putzt für uns und ich glaube, sie freut sich, dass sie helfen kann.«

Mama strich Milli eine Strähne aus der Stirn. »Was habe ich doch für eine weise Tochter! Weißt du was, heute Abend machen wir es uns gemütlich. Wir schauen eine DVD und ich mache Popcorn, so wie im Kino.«

Milli war begeistert. »Das ist toll, Mama!«

Im selben Moment erschien Kamilah mit einem Wäschekorb. »Ich alles geputzt. Wäsche ich nehme mit zum Bügeln.«

Mama lächelte. »Vielen, vielen Dank. Ich weiß gar nicht, wie ich Ihnen danken kann.«

Sassans Mutter lächelte. »Ich mich bei Ihnen bedanken. Sie so mutig waren, als die Jungen hier waren.«

»Ach, das war doch nichts. Diese Bengel kommen nicht wieder und das ist gut so.«

Milli dachte an die Schmiererei gestern an der Kiosktür und ihr wurde wieder ganz komisch. Mama durfte nichts davon erfahren. Sie hoffte so sehr, dass Phillip und seine Freunde sich nicht wieder blicken ließen. Sie hatten sich an Mama gerächt mit dieser blöden Schmiererei-Aktion. Jetzt musste doch endlich Schluss sein.

Sassan erschien, um seine Mutter abzuholen.

Er fragte Milli: »Milli, hast du Zeit spielen Fußball?«

Milli schüttelte den Kopf. »Nein, ich helfe Mama im Kiosk.«

Mama schaltete sich schnell ein. »Nein, das musst du nicht. Ich komme alleine klar. Wenn ich irgendwo nicht rankomme, frage ich die Kunden. Das klappt schon.«

Milli wollte protestieren, eigentlich hatte sie auch wenig Lust auf Fußball spielen. Aber andererseits war es auch nett von Sassan, sie zu fragen. So ging sie mit ihm auf den Fußballplatz. Da es dort auch ein Volleyballnetz gab, einigten sie sich auf Volleyball. Das machte Milli mehr Spaß.

Die beiden spielten eine ganze Weile, bevor sie eine Pause machten und sich auf die Bank setzten. Milli fand es eigentlich ganz okay, mit Sassan zu spielen. Natürlich war das nicht so wie mit Joe. Aber Sassan war in Ordnung.

Sassan seufzte: »Ich immer noch Angst habe vor den großen Jungen.«

»Ach, die können dir doch nichts tun.« Milli tat übertrieben locker, obwohl sie auch mit Angst an Phillip dachte und sie musste zugeben, dass sie sich während des Spiels öfter umgedreht hatte, um zu sehen, ob Phillip mit seinen Freunden vorbeikam.

»Die mögen nicht Ausländer. Wir flohen vor bösen Menschen und hier wieder böse Menschen.« Sassan schaute traurig auf den Fußboden.

Milli hatte Mitleid mit ihm. Wer weiß, was Sassan schon alles erlebt hatte, und jetzt war er hier in Deutschland und hatte wieder Angst.

Milli sagte beruhigend: »Aber es gibt doch auch nette Menschen hier.«

Sassan nickte und lächelte: »Du und deine Mutter.«

Milli lächelte zurück. Sie zog ihn von der Bank hoch. »Komm, lass uns weiterspielen.«

15. Kapitel

»So, Milli, nun geh du schon mal nach oben. Ich will noch mal nach der Lagertür gucken. Irgendwie verstehe ich nicht, dass sie nicht mehr richtig aufgeht.«

Millis Mutter erhob sich von ihrem Stuhl an der Kasse.

Sie sah sehr müde aus, fand Milli. Aber sie meinte, sie hätte den Nachmittag gut geschafft, auch wenn Milli erst spät vom Spielen nach Hause gekommen war.

Jetzt war es Abend und der Kiosk wurde gleich geschlossen.

Die Lagertür klemmte schon seit ein paar Tagen, aber seit heute ging sie gar nicht mehr auf und man musste nun, wollte man ins Lager gelangen, durch den Kiosk laufen.

»Ach, Mama, lass das doch, vielleicht kann Onkel Thomas sich das nachher ansehen, er wollte ja noch vorbeikommen.« Milli wollte unbedingt, dass ihre Mama sich ausruhte.

Mama seufzte. »Thomas tut schon genug für uns. Ich werde einfach mal sehen, was sich machen lässt. Einen Schlüsseldienst kann ich jedenfalls nicht beauftragen, das wäre viel zu teuer.«

Milli seufzte und sie musste wieder an den Brief von der Bank denken. Sie wusste zwar nicht, was drinstand, aber dass es nichts Gutes war, hatte sie an Onkel Thomas' Gesicht und Mamas Weinen gesehen.

Mama war schon auf dem Weg ins Lager.

Milli rief: »Mama, dann geh ich schon nach oben, ich kann ja schon mit dem Popcorn anfangen.«

Mama erwiderte: »Ja, das wäre toll. Ich komme auch gleich.«

Milli ging nach oben in die Wohnung. Es roch nach Zitrone. Sassans Mutter hatte die Wohnung wirklich blitzeblank geputzt. Milli wollte erst gar nicht die aufgeräumte

Küche benutzen. Der Herd glänzte vor Sauberkeit. Aber dann war die Aussicht auf Popcorn zu verlockend. Milli nahm einen Topf aus dem Schrank und tat ein paar Löffel Öl hinein.

Das Haus war sehr hellhörig, sodass sie jetzt auch hörte, wie Mama unten an der Lagertür werkelte.

Milli stellte den Herd an. Sie hörte, wie die Kiosktür laut zufiel. Leise Stimmen drangen aus dem Kioskraum nach oben. Im Lager schien irgendetwas umgekippt zu sein.

Milli wollte schon hingehen, aber das Öl brodelte. Jetzt musste sie den Herd ausschalten, den Mais in den Topf und den Deckel schnell oben drauf. Thomas würde gleich kommen, er würde Mama bestimmt helfen. Sie hörte, wie die Kiosktür zufiel. Das Popcorn machte laute klackende Geräusche und war im Nu fertig. Milli nahm den Topf vom Herd und streute Zucker auf das fertige Popcorn.

So, jetzt musste Mama aber kommen. Am besten ging sie jetzt schnell nach unten und sagte ihr Bescheid.

Als sie die Treppe hinunterging, hörte sie aus dem Lagerraum plötzlich ein Wimmern und Rufen: »Hilfe!« Und dann hörte sie Mama gegen die Lagertür klopfen.

Milli erschrak. »Mama, was ist los?«, schrie sie und lief so schnell wie möglich nach vorn zum Kiosk. Onkel Thomas kam gerade um die Ecke.

»Onkel Thomas, Mama schreit um Hilfe! Es ist irgendwas passiert!« Millis Stimme überschlug sich, sie hatte fürchterliche Angst.

Thomas schaute entsetzt und eilte zur Kiosktür, aus der Rauch hervorquoll. Thomas riss die Tür auf.

Immer noch rief Mama aus dem Lagerraum: »Hilfe!«

Vor dem Lagerraum loderte eine Flamme, die schon Teile der Theke erfasst hatte. Millis Herz klopfte bis zum Hals. Onkel Thomas griff den Feuerlöscher von der Wand und schrie Milli zu: »Milli, schnell, geh nach draußen!«

Aber Milli konnte vor Schreck nicht laufen, sie blieb an der Eingangstür stehen. Sie zitterte erbärmlich und schrie in Gedanken zu Gott, er solle ihrer Mama helfen. Thomas sprühte mit dem Feuerlöscher heftig gegen die Flammen. Es rauchte und dampfte, was sie zum Husten reizte.

Schnell humpelte Thomas über die herumliegenden, noch glühenden Zeitschriften, die vor dem Eingang des Lagers gestanden hatten.

»Sybille!«, schrie er.

»Hier!«, hörte Milli Mamas verzweifelte Stimme.

Und dann erschien Thomas mit Mama am Arm. Sie hustete, war voller Ruß im Gesicht und hatte am Kopf eine klaffende Wunde.

»Mama!« Milli weinte bitterlich und lief auf sie zu.

Diese umarmte sie und sagte unter Tränen: »Es geht mir gut, Milli.«

Mehr konnte sie nicht sagen, weil sie erbärmlich husten musste. Thomas brachte sie schnell nach draußen. Hier waren schon einige Nachbarn versammelt.

Herr Maier von nebenan rief ihnen zu: »Die Feuerwehr ist schon alarmiert, Notarztwagen auch.«

Er eilte hinzu, um Millis Mama zu stützen. Irgendjemand brachte einen Klappstuhl und Mama setzte sich darauf. Milli kniete vor ihr, ihr Kopf lag in ihrem Schoß. Sie schluchzte, weil sie solche Angst um ihre Mutter hatte. Vom Kiosk hörten sie ein Knacken und Knistern.

Entsetzt blickte sich Millis Mama um. »Der Kiosk brennt!«

Thomas legte den Arm auf ihre Schulter. »Keine Angst, die Feuerwehr ist gleich da.«

Und im selben Moment hörten sie das lautstarke Tönen der Feuerwehr und das rote Auto hielt direkt vor ihnen.

Fünf Feuerwehrmänner sprangen heraus und rannten zum Kiosk.

Einer wandte sich an Mama: »Sind Sie verletzt?«

Aber bevor sie antworten konnte, kam auch schon der Notarztwagen und die Sanitäter kümmerten sich um Mama. Sie gaben ihr Sauerstoff, damit sie nicht mehr husten musste.

Die Feuerwehrmänner waren in den Kiosk geeilt und löschten den Brand. Auch die Polizei erschien. Onkel Thomas unterhielt sich mit ihnen. Ein Beamter fragte, wie das Feuer entstanden sein könnte. Thomas hatte keine Ahnung.

Milli, die die ganze Zeit neben den Sanitätern und ihrer Mutter gestanden hatte, eilte zu ihnen. »Da waren irgendwelche Kunden im Laden. Und dann habe ich einen Knall gehört.«

Milli sprach ganz laut und schluchzte zwischendurch.

Der Beamte schrieb alles auf und dann legte er den Arm um sie. »Ist schon gut, Kleine. Wir kümmern uns um alles.«

Onkel Thomas strich ihr über das Haar.

Mama wurde auf eine Trage gelegt und Milli eilte zu ihr. Thomas folgte ihr. Sybille versuchte unter der Sauerstoffmaske zu lächeln

»Es ist alles gut, Milli. Ich fahre nur kurz ins Krankenhaus.«

Milli weinte leise. Thomas sagte, dass er sie ins Krankenhaus begleiten würde.

Mit seinem Auto machten sie sich auf den Weg.

Als Milli in den Rückspiegel schaute, sah sie den Menschenauflauf vor dem Kiosk und die Feuerwehrleute, die aufgeregt hin- und herliefen mit den Schläuchen voller Wasser.

Milli zitterte am ganzen Körper. Sie dachte an Mama, die voller Ruß im Gesicht war und wie sie humpelte und trotz allem schmerzverzerrt gelächelt hatte.

Onkel Thomas hatte auch noch schwarzen Ruß an einer Wange. Er fuhr bedächtig durch die Straßen. »Milli, mach dir keine Sorgen, deiner Mama geht es bald wieder besser.«

Milli nickte und schaute auf ihre Hände, die sie auf ihrem Schoß ineinander gelegt hatte. In Gedanken hatte sie ein Gebet für Mama in den Himmel geschickt.

»Onkel Thomas, wer hat das gemacht?«

Thomas seufzte. »Das wüsste ich auch zu gern.«

»Und was wird aus unserem Kiosk?«

Onkel Thomas seufzte wieder. »Wir werden alles versuchen, um ihn wieder zu öffnen, wenn deine Mama das will.«

Milli erfasste ein zuversichtliches Gefühl. »Onkel Thomas, ich bin wirklich froh, dass du da bist. Danke, dass du Mama gerettet hast.«

Onkel Thomas blickte kurz zur Seite. In seinen Augen funkelten Tränen.

16. Kapitel

»Was soll jetzt bloß aus dem Kiosk werden?« Mama lag in ihrem Krankenhausbett und schaute verzweifelt auf den Fuß, der in einer Schiene auf einem Kissen lag. Gerade hatten ihr die Ärzte mitgeteilt, dass der Fuß am morgigen Tag operiert werden müsste – durch den Sturz im Lager war er nun richtig gebrochen.

Milli hatte sich auf Mamas Bett gesetzt und kuschelte ihren Kopf an ihre Schulter.

Thomas saß daneben auf einen Stuhl. »Mach dir keine Sorgen. Wir kriegen das schon hin.«

Milli blickte auf. Es tat so gut, dass Onkel Thomas »wir« sagte. Mama und sie waren nicht allein.

Mama setzte sich im Bett auf und ihr Gesicht war schmerzverzerrt. Der Fuß musste ihr sehr wehtun. Im selben Moment klopfte es und Oma erschien mit sorgenvollem Blick. Mama hatte sie angerufen.

»Sybille, wie konnte das bloß passieren? Wer waren diese fürchterlichen Menschen, die bei dir im Kiosk waren?« Sie setzte sich auch auf Mamas Bett und legte die rechte Hand auf ihre.

»Ich weiß es nicht. Die Tür ging, ich konnte ja nicht so schnell aus dem Lager kommen und ich stolperte und dann, als ich mich versuchte hochzurappeln, war da schon diese Flamme im Eingang und die breitete sich weiter aus. Ich hörte nur leise Stimmen, aber verstand nicht, was sie sagten.«

Oma schüttelte den Kopf. »Wie furchtbar!«

Millis Mama nickte. »Und das Schlimme ist, dass ich keine Versicherung mehr habe!«

Jetzt liefen Tränen über ihr Gesicht.

Millis Oma schaute entsetzt. »*Was?*«

Milli blickte auf. Ihre Mama weinte leise. »Ich konnte sie die letzten Monate nicht mehr zahlen und dann noch diese Schulden bei der Bank. Ich glaube, Marianne, du hattest recht. Die Idee mit dem Kiosk war keine gute Idee.«

Oma sagte gar nichts, sondern streichelte Mama einfach über das Gesicht, um sie zu trösten.

Thomas war von seinem Stuhl aufgestanden, er humpelte auf und ab. Milli hoffte so, dass alles gut werden würde und dass ihm etwas einfiel. Es wäre so schlimm, wenn Mama und sie jetzt den Kiosk verlieren würden! Milli versuchte, die Tränen hinunterzuschlucken.

Eine Krankenschwester erschien. Sie schaute zuerst Milli mitleidig an und dann zu den Erwachsenen.

»Also, ich glaube, Frau von Hofen braucht jetzt erst einmal Ruhe. Schließlich hat sie morgen eine OP vor sich.«

Oma stand auf. »Ja, natürlich. Sybille, mach dir keine Sorgen. Milli kommt zu mir und du bleibst ruhig, es wird schon alles werden.«

Milli umarmte ihre Mama ganz doll, sagen konnte sie nichts. Dann ging sie mit Oma und Thomas nach draußen.

Thomas sagte, als sie den Krankenhausgang entlanggingen: »Wir müssen verhindern, dass Sybille den Kiosk schließen muss.«

Milli nickte heftig. Oma überlegte: »Ja, auf jeden Fall. Wenn die Übeltäter gefunden werden könnten, die das getan haben, dann müssten die dafür bezahlen. Wer tut denn so etwas?« Oma legte ihren Arm um Millis Schulter.

Es war einen Augenblick still.

Thomas knurrte vor sich hin: »Wir müssen dringend diese Leute finden.«

Oma erwiderte: »Dafür ist die Polizei zuständig.«

Dann wandte sie sich an Milli: »Wir werden ein paar Sachen aus der Wohnung für dich holen.«

Milli nickte, obwohl ihr Herz ganz schwer war. Sie hatte

Angst, zum Kiosk zurückzukehren. Wie es da wohl aussah!

Thomas meinte: »Ich komme mit. Vielleicht kann ich noch irgendetwas tun.«

Es beruhigte Milli ein bisschen, dass Onkel Thomas mitkommen würde. Sie fühlte sich in seiner Nähe sicherer.

Als sie alle beim Kiosk ankamen, war Milli mulmig zumute. Die Scheibe neben dem Eingang hatte einen Sprung und war schwarz vom Rauch. Die Tür sah soweit unversehrt aus.

Thomas hielt den Schlüssel in der Hand, den er von Milli bekommen hatte.

»Ich werde mich dort noch ein bisschen umsehen«, sagte er und öffnete die Tür.

Milli folgte ihm, obwohl Oma sie eigentlich zurückhalten wollte. Sie erschrak, als sie sah, wie es drinnen aussah. Der Verkaufstisch war kaputt, er war pechschwarz und ein Brett hing heraus. Im Eingang des Lagers lagen verkokelte Zeitschriften herum.

Es stank und Milli musste husten. Der Boden war übersät mit einzelnen Zeitungen, die beim Drauftreten knackten, weil sie angekokelt waren. Milli hielt sich die Hand vor den Mund und Oma legte ihr die Hand auf die Schulter. Sie war genauso entsetzt.

Thomas schaute sich um. »Irgendjemand muss das Feuer gelegt haben, aber warum?« Wütend schlug er mit einer Faust auf die Verkaufstheke.

Milli blickte zum Fußboden, damit keiner ihre Tränen sah.

»Was sind das bloß für Menschen!«, rief Oma und zog Milli ein Stückchen her. »Komm, Milli, wir holen die Sachen aus der Wohnung und dann gehen wir, wir können sowieso nichts tun.«

Milli schluchzte auf und spürte Omas wärmende Hand, die sie streichelte.

Thomas beugte sich zu Milli herunter und streichelte über ihre Wange. »Du bist nicht allein, kleine Milli und deine Mama auch nicht. Ich bin für euch da und deine Oma auch. Und wir werden einen Weg finden, damit ihr den Kiosk behalten könnt. Du musst ganz fest daran glauben und dafür beten.«

Onkel Thomas schaute sie ernst an. Milli umarmte ihn spontan. Sie hatte wieder Hoffnung.

»Ich glaube, du schaffst alles, Onkel Thomas!«, flüsterte sie.

Als sie sich aus seinen Armen löste, lächelte er ihr zu. »Ja, das glaube ich auch. Zumindest will ich es versuchen. Und zusammen sind wir stark.« Er hielt ihr die Hand hin und sie klatschte ein.

Als sie mit Oma ins Auto stieg, sah sie, wie Onkel Thomas mit einer Taschenlampe im Kiosk auf und ab ging. Und irgendwie war sie jetzt ganz ruhig.

17. Kapitel

»Milli, du musst etwas essen.« Oma hatte das Frühstück gemacht und sie goss Milli eine Tasse Kakao ein. Milli schüttelte den Kopf. Immerzu musste sie an Mamas Operation und an den Kiosk denken.

Sie hatte kaum schlafen können. Sonst fühlte sie sich bei Oma immer so wohl und genoss es, in dem großen Bett im Gästezimmer zu schlafen. Aber in dieser Nacht war alles anders, sie hatte kaum ein Auge zugetan. Sie hoffte sehr, dass Onkel Thomas recht hatte und der Kiosk gerettet werden konnte. Aber wie? Mama hatte doch schon so viel Schulden. Onkel Thomas hatte gesagt, sie solle beten, das hatte sie getan, trotzdem machte sie sich Sorgen. Jetzt half sowieso nur noch ein Wunder.

Oma schaute ihre Enkelin ernst an: »Milli, du musst etwas essen und trinken.«

Milli seufzte: »Ich kann nicht, ich muss immer an Mama denken.«

Oma lächelte. »Hab keine Angst, Mama ist stark und die Operation wird gut gelingen.«

»Und der Kiosk?«

Oma legte den Arm um Milli. »Darum kümmert sich Thomas. Und wir werden ihm dabei helfen.«

Milli schaute Oma fragend an. »Aber wie denn?«

Oma lächelte: »Ich habe da so eine Idee. So, und jetzt hole ich dir die Schokocreme, wenn ich sie finde. Frau Dammann ist zur Zeit nicht da und seit ich keine Haushälterin mehr habe, läuft hier alles schief.«

Milli musste grinsen, als Oma sämtliche Schränke öffnete und das Glas suchte.

Oma und Haushalt, das waren zwei Dinge, die nicht zueinander passten.

»Ich glaube, Frau Dammann hat sie immer in den Schrank unter der Spüle gestellt.«

Milli wusste das, weil sie öfter bei Oma übernachtete und dann hier in der Küche frühstückte.

Oma öffnete den besagten Schrank und nickte erleichtert, während sie das Glas herausholte und es Milli auf den Tisch stellte.

»Ich brauche dringend eine Aushilfe, solange Frau Dammann sich um ihre kranke Mutter in Süddeutschland kümmert.«

Milli nickte, während sie sich ein Brötchen mit Schokoladencreme bestrich.

Im selben Moment klingelte Omas Handy.

»Ja, Herr Heyden, ja, wir frühstücken und dann kommen wir.«

Oma legte das Handy zur Seite. »Das war Thomas, er ist beim Kiosk und will uns etwas zeigen.«

Milli war aufgeregt: »Was denn?«

»Das hat er nicht gesagt, aber es schien wichtig. Wir gehen gleich, wenn du aufgegessen hast. Also, mach schnell, Milli!« Oma zwinkerte ihr zu.

Milli aß schnell auf, obwohl sie wirklich keinen Hunger hatte. Dann machte sie sich mit Oma auf den Weg.

Am Kiosk angekommen, wollte Milli am liebsten gar nicht hineingehen. Es sah alles so schrecklich aus. Auch innen war alles noch wie gestern, die herumliegenden Zeitungen, der schwarze Ruß am Fenster.

Onkel Thomas kam ihnen entgegen. Hatte er etwa die Nacht hier verbracht?

Sein Haar war zerzaust und unter seinen Augen waren schwarze Augenränder zu sehen. Er schien kaum geschlafen zu haben.

»Guten Morgen. Ich habe gestern Nacht noch den ganzen Kiosk durchsucht.«

Oma erwiderte trocken: »Ja, und überhaupt nicht geschlafen, scheint mir.«

Onkel Thomas lächelte und strich sich eine Strähne aus dem Gesicht. »Doch, ein, zwei Stunden heute Morgen. Das Ganze hat mich einfach nicht losgelassen. Und dann habe ich dies hier gefunden.«

Er hielt etwas Rotes hoch, ein Feuerzeug, auf dem eine Abbildung prangte, ein Totenkopf.

Milli schrie auf: »Das gehört diesem Phillip!«

Sie dachte an den Nachmittag auf dem Sportplatz, als er damit herumgefuchtelt hatte.

Thomas nickte und betrachtete das Ding, auf dem auf einer Seite der Totenkopf und auf der anderen der Name »Phillip Wiesner« standen.

»Dann waren Phillip und seine Freunde hier am Werk.«

Er nahm einen kleinen Behälter in die Hand, den er auf die verkohlte Theke gestellt hatte.

»Hier ist das Nachfüllbenzin für Feuerzeuge, das haben sie hier ausgekippt.«

Milli rief entsetzt: »Sie hätten Mama fast umgebracht!« Oma schlang schnell die Arme um sie.

Milli fing an zu schluchzen. Oma wandte sich schockiert an Thomas. »Aber warum?«

Thomas erzählte ihr von den Ereignissen hier und der Fremdenfeindlichkeit von Phillip und seinen Freunden.

Oma schüttelte betroffen den Kopf. »Was sind das bloß für Menschen!«

Thomas nickte. »Unglaublich! Sie scheinen so einen Hass in sich zu tragen.«

Er streichelte Milli über die Schulter. »Es wird alles wieder gut, kleine Milli. Ich rufe jetzt die Polizei an, die können sich dann mit Phillip und seinen Jungs beschäftigen. Und danach, wenn die Polizei alles untersucht und den Kiosk wieder freigegeben hat, werde ich anfangen aufzuräumen.«

Milli befreite sich aus Omas Umarmung. »Aber es ist doch alles kaputt.«

Onkel Thomas ergriff Millis Hand und kniete sich mit einem Bein vor sie hin. »Ja, aber das ist kein Grund aufzugeben. Jetzt müssen die Familien der Jungen für den Schaden aufkommen. Das wird natürlich alles dauern. Aber bis dahin werden wir nicht aufgeben. Ich werde neue Regale bauen und irgendwie werden wir diesen schrottigen Verkaufstisch wieder schön kriegen.« Milli schaute zweifelnd auf das verkohlte Ding.

Oma meldete sich. »Herr Heyden hat recht. Wir sollten hier nicht stehen und uns ärgern. Also, dieser Verkaufstisch ...« Sie schlug darauf, worauf sich eine schwarze Rauchwolke bildete und Oma husten musste. »Dieses Ding ist Schrott. Ich werde einen neuen Verkaufstisch bestellen.«

Milli blinzelte zwischen die Tränen hindurch. »Echt?« Sie bekam ein wenig Hoffnung. Vielleicht konnte Mama den Kiosk doch behalten.

Thomas lächelte. »Siehst du, es wird alles wieder. Die Hauptsache ist, dass deine Mama wieder gesund wird, und das wird sie! Und der Kiosk wird nach unserem Einsatz schöner sein als je zuvor.«

Milli schaute sich um und konnte es noch nicht glauben. Aber sie wollte es versuchen.

18. Kapitel

»Wie soll das bloß alles werden?« Mama saß in ihrem Krankenhausbett und seufzte.

»Warum haben die das bloß getan? Was sind das nur für Menschen?«

Sie hatte gerade erfahren, dass Phillip und seine Freunde verantwortlich für den Brand waren.

Oma legte beruhigend ihre Hand auf ihren Arm. »Mach dir keine Sorgen, wichtig ist erst einmal, dass du die OP heute gut überstanden hast und bald wieder laufen kannst.«

Mama blickte sie verzweifelt an. »Das wird Wochen dauern. Ich kann doch nicht die ganze Zeit den Kiosk schließen, jetzt, wo ich so viele Schulden bei der Bank habe.«

Sie schlug sich auf den Mund und schaute Milli entsetzt an. Natürlich wollte sie nicht, dass Oma und Milli davon wussten.

Oma schaltete sich ein: »Ich könnte dir helfen, was die Schulden betrifft.«

Milli war erstaunt. Vor ein paar Tagen hatte Oma diesen Kiosk gehasst und es für unverantwortlich gefunden, dass Milli damit aufwachsen musste.

Mama erwiderte: »Nein, auf keinen Fall! Ich habe die Schulden gemacht für den Kiosk und ich muss sie auch zurückzahlen.«

Milli schaltete sich ein. »Aber Onkel Thomas sagt, wenn Phillip das mit dem Brand war, müssen seine Eltern zahlen.«

Mama dachte einen Augenblick nach, aber ihr Gesicht wurde nicht fröhlicher, als sie sagte: »Ja, aber das wird dauern und ich habe doch auch gar kein Geld für das Renovieren.«

Dann schaute sie Milli an, die traurig auf ihrer Bettkante saß. »Ach, entschuldigt mein Gejammere. Es wird schon irgendwie werden. Ich habe ja meine Milli, was brauche ich mehr!« Sie lächelte Milli zu, ein Lächeln, was eigentlich aussah, als wäre es auf ihr sorgenvolles Gesicht getackert. Aber Milli lächelte trotzdem zurück und sie dachte an Onkel Thomas. Er würde ihnen helfen und sie hatten Gott auf ihrer Seite. Dann musste es doch irgendwie gut werden.

19. Kapitel

Oma und Milli wollten, nachdem sie aus dem Krankenhaus gekommen waren, noch beim Kiosk vorbeischauen. Milli war aufgeregt. Wie es wohl mit der Polizei gelaufen war?

Als sie ankamen, wunderte sich Milli: Das Fenster war blitzblank, man konnte wieder in den Verkaufsraum blicken. Erstaunt traten Oma und Milli ein.

Eine Frau scheuerte auf Knien den Boden. Es war Sassans Mutter. Und Sassan sammelte sämtliche alte verkohlte Zeitungen ein und packte sie in einen Karton.

Aus dem Lager hörten sie, wie jemand hämmerte.

Sassan trat auf Milli zu: »Milli, wir machen alles schön. Onkel macht neue Regale von Holz und Mama putzt und dann streichen wir alles weiß.« Er hatte einen schwarzen Rußfleck auf der Nase und lachte.

Milli staunte und lachte auch. »Das ist ja toll. Danke!«

Kamilah stand auf. »Mach keine Sorge, Milli. Wir alles schön machen. Deine Mama wegen uns im Krankenhaus.«

Milli schüttelte den Kopf, als sie das traurige Gesicht von Sassans Mama sah. »Nein, gar nicht. Phillip ist schuld, nicht ihr.«

Milli erzählte Oma schnell von dem Nachmittag, als Mama Phillip und seine Freunde rausgeschmissen hatte, nachdem sie so böse zu Sassan und seiner Mutter gewesen waren.

Oma war erschüttert: »Es ist unglaublich, dass es solche Menschen hier in unserer Stadt gibt!«

Milli nickte. Oma hielt Kamilah die Hand hin. »Ich danke Ihnen herzlich, dass Sie meiner Schwiegertochter helfen.« Kamilah lächelte, wischte sich die Hand an ihrer Schürze ab und gab sie ihr.

Milli musste irgendwie lächeln. Es sah so komisch aus.

Oma war wieder so schick angezogen mit kurzem lilafarbenem Rock, weißer Bluse und langer Kette. Und Sassans Mutter in der dunkelblauen Strickjacke mit der roten Schürze sah gegen sie so klein aus.

Die beiden Frauen lächelten sich an und Milli freute sich, dass die beiden sich verstanden. Schließlich gehörten Sassan und seine Mutter zu ihren Freunden.

Aus dem Lager kam Thomas mit einem Brett.

»Ach, hallo, Milli. Wie geht es deiner Mama?«

»Sie hat die Operation gut überstanden«, antwortete Milli.

Onkel Thomas war erleichtert. »Das ist gut, ich schaue heute kurz vor der Arbeit mal bei ihr rein.«

Milli fragte ihn: »Was machst du, Onkel Thomas?«

Onkel Thomas wischte sich den Schweiß von der Stirn. »Ich baue neue Regale für den Kiosk. Und Kamilah war so freundlich, hier alles sauberzumachen. Und dann werden wir ab morgen mit dem Streichen beginnen.«

Millis Herz klopfte vor Aufregung. Dann konnte der Kiosk vielleicht doch gerettet werden.

Oma meldete sich: »Was hat die Polizei gesagt?«

Thomas lächelte zufrieden. »Ja, sie werden sich um Phillip und seine Freunde kümmern und dann kommen auf die Jungs wohl einige Unannehmlichkeiten zu. Jedenfalls müssen ihre Eltern zahlen. Und bis dahin kümmern wir uns um alles.«

Auch Oma war erleichtert. »Das ist gut, dass denen einmal eine ordentliche Lektion erteilt wird, dass sie begreifen, dass Fremdenhass hier keine Chance hat.«

Dann fiel ihr Blick auf den Verkaufstisch. »Ich werde jetzt nach Hause fahren und einen neuen Verkaufstisch bestellen. Und dann bringe ich euch etwas zu essen mit.«

20. Kapitel

»Mann, Milli, wie habt ihr das alles bloß hinbekommen?«

Joe war gerade aus dem Urlaub gekommen und war mit seiner Mutter im Kiosk erschienen, nachdem sie die Nachricht von dem Unfall erhalten hatten.

Mama und Thomas hatten sie im Urlaub extra nicht darüber informiert, damit sie sich keine Sorgen machen sollten.

Morgen würde Mama aus dem Krankenhaus kommen.

Joes Mama staunte. Der Laden roch immer noch nach der weißen Farbe – gestern waren sie mit dem Streichen fertig geworden. Milli und Sassan hatten ordentlich mitgeholfen.

Thomas war dabei, die neuen Regale auszuwischen.

Joes Mama schaute ihrem Schwager beeindruckt zu. »Thomas, es sieht ja alles aus wie neu.«

Thomas lächelte. »Ja ... nur gut, dass du nicht gesehen hast, wie es vorher hier aussah!«

Milli nickte. »Es war alles voller Ruß und der Boden war voller verkohlter Zeitungen!«

Joes Mama hielt sich die Hand vor den Mund. »Warum haben diese Idioten das bloß getan?«

Thomas wurde ernst. »Sie wollten Sybille schaden, weil sie Sassans Mutter verteidigt hatte. Solche Typen schrecken vor nichts zurück.«

Milli zitterte, sie hatte immer noch Angst, wenn sie an Phillip dachte.

Thomas fügte hinzu: »Aber die werden erst einmal aus dem Verkehr gezogen. Ich denke, sie bekommen eine Jugendstrafe. Und hoffentlich denken sie dann mal nach, was sie hier angerichtet haben.«

Millis Zittern verschwand. Vor Phillip brauchte sie keine

Angst mehr haben. Der würde hier nicht mehr auftauchen.

Oma erschien und begrüßte Joe und seine Mutter. Sie sprachen auch kurz über den Brand und die ganze Situation.

Nebenbei erklärte Oma mit einem verschmitzten Grinsen: »Heute wird der neue Verkaufstisch geliefert!«

Milli sprang in die Luft. »Oh, ich bin so aufgeregt! Mama wird staunen, wenn sie morgen aus dem Krankenhaus kommt!«

In diesem Moment erschien Kamilah mit einem Wäschekorb. »Ich Wohnung geputzt und nehme Wäsche mit. Dann morgen alles schön, wenn Frau Sibil kommt.«

Milli musste immer grinsen, wenn Sassans Mutter den Namen ihrer Mutter aussprach.

Oma erklärte Joes Mutter: »Kamilah hat uns hier sehr geholfen. Sie ist ein Schatz. Sie hat alles blitzeblank geputzt.« Kamilah wurde vor Verlegenheit ganz rot.

Oma wandte sich wieder an Sassans Mutter: »Ich wollte Sie eigentlich etwas fragen, liebe Frau Kamilah.« Es war so witzig, wie Oma sie mit Vornamen und Frau ansprach. Aber den Nachnamen von Sassan und seiner Mutter konnte sie nicht aussprechen. Und Kamilah hörte auch viel lieber ihren Vornamen.

Kamilah stellte den Wäschekorb auf den blanken Fußboden.

Oma lächelte. »Ich wollte Sie fragen, ob Sie bereit wären, für mich als Haushaltshilfe zu arbeiten. Wissen Sie, meine Haushälterin bleibt jetzt bei ihrer kranken Mutter. Und ich bräuchte jemanden, der meinen Haushalt macht.«

Kamilah strahlte. »Ich für Sie arbeiten? Ich machen gern. Ich helfen hier Frau Sibil am Abend und komme Tag zu Ihnen.«

Milli musste lächeln. Sassans Mutter war einfach toll und total hilfsbereit. Jetzt wollte sie Mama auch noch weiter helfen. Das war wirklich so nett von ihr.

Oma legte den Arm um Kamilah. »Sie sind wirklich ein besonderer Mensch! Also, ich freue mich, wenn Sie mir helfen. Aber Sie sollen sich nicht überarbeiten. Wenn Sie meiner Schwiegertochter helfen, dann tun Sie schon genug.«

Kamilah bekam feuchte Augen. »Nein, ich helfen Ihnen und Frau Sibil. Sie mir auch geholfen.«

Oma nickte: »Vielen Dank. Wir werden uns dann noch über eine angemessene Bezahlung unterhalten.«

Milli fand, dass Oma sich in den letzten Tagen ziemlich geändert hatte.

Sie hatte mitgeholfen, dass der Kiosk wieder funktionieren konnte, denn schließlich hatte sie den neuen Verkaufstisch bestellt. Auch wenn sie beim Streichen und Saubermachen nicht geholfen hatte, hatte sie dennoch das Arbeitsteam jeden Tag mit Frühstück und leckerem Essen aus dem Restaurant versorgt.

Vor zwei Wochen hatte Oma diesen Kiosk noch gehasst und jetzt half sie mit, dass Mama hier wieder verkaufen konnte.

Thomas meldete sich. »Na, das freut mich ja für Sie, Kamilah, dass Sie jetzt eine Arbeitsstelle haben.« Sassans Mutter strahlte und nickte.

Thomas stellte den Eimer ab. »Aber wo ihr jetzt schon alle da seid, müssten wir besprechen, wie es weitergeht, wenn Sybille wieder da ist.«

Frederike erwiderte: »Ja, also. Nina, Sina und ich werden den Kiosk für die nächsten Wochen übernehmen, bis Sybille wieder richtig arbeiten kann.«

Thomas nickte. »Das ist super. Ich bin auch noch da. Mich könnt ihr auch mit einteilen. Ich muss mich natürlich nach meinem Arbeitsplan im Krankenhaus richten.«

Milli schaute Onkel Thomas an. Er lachte fröhlich und war ganz verändert, nicht so deprimiert wie vor ein paar Wochen, als er meinte, er könne nicht für Mama und Milli da sein.

Er hatte soviel gearbeitet neben seiner Arbeit im Krankenhaus. Milli fragte sich manchmal, wann er überhaupt geschlafen hatte. Und er hatte immer, kurz bevor er im Krankenhaus mit seiner Arbeit begann, ihre Mama besucht.

Und jeden Tag brachte er ihr einen kleinen Rosenstrauß mit.

Mama bekam ganz rote Wangen, als sie Milli bei ihren Besuchen davon erzählte. Und Milli musste lächeln. Mama war verliebt und Onkel Thomas anscheinend auch. Denn immer, wenn er von Millis Mama sprach, lächelte er so besonders, sein Blick schweifte in die Ferne und um seine Augenbrauen tauchten viele lustige Fältchen auf.

Milli fiel etwas ein. »Wir müssen eine Willkommensparty machen für Mama!«, rief sie aus.

Oma war begeistert. »Ja, und zwar hier im Kiosk. Sie wird sich wundern!«

Sie hatten alles daran gesetzt, dass niemand Sybille von den Arbeiten hier im Kiosk erzählt hatte. So dachte Millis Mama immer noch, der Kiosk wäre in dem jämmerlichen Zustand wie nach dem Brand. Es sollte eine riesengroße Überraschung werden, wenn Millis Mama morgen aus dem Krankenhaus kam.

Frederike hatte auch eine Idee. »Ich mache ein Willkommensessen für morgen. Dann können wir hier schon feiern.«

Kamilah ergänzte: »Und ich kochen syrisch dazu.«

Milli war ganz aufgeregt und sprang auf und ab und klatschte in die Hände. »Das wird eine Überraschung! Mama wird staunen.«

21. Kapitel

Mama sprach nicht viel, als sie bei Oma im Auto saß. Sie hatten sie gerade samt Krücke und Gips aus dem Krankenhaus abgeholt. Milli hingegen rutschte auf dem Rücksitz hin und her vor Aufregung. Was Mama wohl sagen würde, wenn sie den frisch renovierten Kiosk sehen würde?

»Marianne, lass uns bitte hinten bei der Wohnung parken, dann brauche ich heute noch nicht den verwüsteten Kiosk ansehen.« Mama seufzte, als sie das zu Oma sagte.

Oma versuchte, ein Grinsen zu unterdrücken. »Vielleicht ist es besser, du konfrontierst dich heute gleich damit. Es lässt sich ja nicht ändern und wir werden schon einen Weg finden, um den Kiosk wieder in Gang zu bringen.«

Mama war immer noch deprimiert. »Ach, das wird so lange dauern. Bis dahin bin ich pleite.«

Oma sagte nichts darauf, was Mama wohl ein wenig verwunderte.

Milli meldete sich von hinten: »Mama, jetzt freu dich doch ein bisschen auf zu Hause!«

Mama drehte sich zu Milli um. »Natürlich, Milli. Entschuldige bitte mein Gejammere! Wir beide werden es schon schaffen.« Sie versuchte zu lächeln.

Als Oma nur ein paar Meter vom Kiosk entfernt hielt, war Millis Mama ganz still.

Oma half ihr aus dem Auto und Milli nahm ihre Hand. Mama humpelte neben ihnen her und sah nicht, wie Oma ihrer Enkelin zuzwinkerte.

Als sie beim Kiosk ankamen, sah Mama das blitzende Fenster. »Oh, das war lieb von euch, dass ihr das Fenster geputzt habt.«

Milli grinste ihre Oma an und beide sagten nichts.

Dann öffnete Oma die Tür und im selben Moment rief

die Willkommensgesellschaft, die sich im Kiosk befand: »Herzlich willkommen!«

Mama hielt sich die Hand vor den Mund, als sie Frederike, Nina, Sina, Thomas und Sassan und seine Mutter sahen, wie sie vor dem neuen Ladentisch aufgestellt standen, um ihn zu verdecken. Sie traten ein Stück zur Seite. Und Millis Mama schaute sich mit großen Augen um.

»Es ist ja ... es ist ja alles neu! Die Regale, nagelneu! Gestrichen, alles weiß! Und der Verkaufstisch ...!« Sie kam näher und strich über das dunkelfarbige Holz. »Wer hat das alles gemacht?« Millis Mama hielt wieder die Hand vor den Mund vor Rührung.

Thomas lachte und sagte dabei: »Wir alle. Kamilah hat geputzt wie eine Wilde. Ich habe die Regale gebaut. Die Kinder haben mit mir gestrichen. Ja, und deine liebe Schwiegermutter hat den Verkaufstisch spendiert. Und Frederike hat das Willkommensessen gemacht.«

Er zeigte auf die Teller und Schüsseln mit Salaten und Fleisch auf den Stehtischen.

Millis Mama schluckte und in ihren Augen bildeten sich Tränen.

»Ihr seid ja verrückt!« Und dann humpelte sie auf Kamilah und Sassan zu und bedankte sich mit einer Umarmung, und Frederike und ihre Töchter bekamen einen Kuss. Milli bekam beides, Umarmung und Kuss. Und dann war Thomas an der Reihe. Mama umarmte ihn und gab ihm einen Kuss auf die Wange. Er errötete. Und Milli musste lachen. Mama lachte auch.

Sie wandte sich an alle Anwesenden: »Ihr seid einfach die besten Freunde, die man sich wünschen kann!« Sie klatschte in die Hände.

Dann ging sie auf Oma zu: »Und, Marianne, den Verkaufstisch werde ich bezahlen, sobald ich es irgendwie kann.«

Oma klopfte mit der Faust auf den neuen Tresen. »Nein! Ich habe sofort gedacht, dass du das tun willst, aber das kommt nicht infrage. Siehst du, was an dem Tisch befestigt ist?«

Oma zeigte auf die rote Schleife, die sie dort an einer Ecke des Tisches befestigt hatte.

»Es ist ein Geschenk! Ein Vorabweihnachtsgeschenk! Weihnachten ist zwar noch ein halbes Jahr hin. Aber ich denke mir, du kannst dieses Geschenk jetzt besser gebrauchen. Also, nichts mit Bezahlung, es ist *ein Geschenk*. Hast du verstanden?«

Oma guckte genauso streng, wie sie immer geguckt hatte, wenn sie Mama wegen ihrem Kiosk getadelt hatte.

Mama fing wieder laut an zu lachen. Dann humpelte sie auf Oma zu und umarmte sie. »Marianne, hat dir eigentlich schon mal jemand gesagt, dass du die beste Schwiegermutter der Welt bist?«, rief sie aus.

Oma schüttelte den Kopf und war sichtlich gerührt. »Nein, aber es tut sehr gut!«

Frederike meldete sich. »So, liebe Sybille, jetzt aber Schluss mit den Dankeshymnen. Das Essen wird kalt. Im Lager sind die Tische gedeckt. Kommt und nehmt euch etwas.«

Mama lächelte und ging zum Stehtisch und Frederike füllte ihr einen Teller.

Im Lager hatten Thomas und Frederike gestern noch einen zusätzlichen Tisch und Stühle aufgestellt. Es war richtig gemütlich. Milli saß neben Joe und Sassan und konnte gar nichts essen. Sie war so unsagbar glücklich und aufgeregt. Sie schaute Mama an, die mit Kamilah scherzte und lachte. Und sie sah Onkel Thomas, der mit Oma sprach und ihre Mama heimlich beobachtete.

»Joe, erinnerst du dich noch an unser Gebet, als wir dafür gebetet haben, dass Onkel Thomas nicht denkt, dass er nicht für uns da sein kann?«

Joe nickte und steckte sich gerade ein Fleischstück in den Mund. Und mit vollem Mund sagte er: »Ja, das stimmt!«

Milli lächelte. »Und ich glaube, jetzt hat Onkel Thomas begriffen, dass er einfach alles kann, sogar ein Feuer löschen und einen Kiosk renovieren.«

Joe lachte. »Ja, genau!«

Da sagte Frederike: »Ach, ich habe die Schüsselchen für den Nachtisch vergessen. Milli, könntest du in die Wohnung gehen und welche holen?«

Milli nickte und Onkel Thomas stand auch auf. »Ich komme mit, Milli.«

Milli lächelte und so gingen die beiden durch die Lagertür, die Onkel Thomas auch schon vor ein paar Tagen repariert hatte, zum Eingang der Wohnung.

Geschickt ging Onkel Thomas mit Hilfe der Krücke die Treppen hoch. Milli lief neben ihm bis in die Küche. Aber bevor Milli die kleinen Schüsseln aus dem Schrank holte, setzte sie sich kurz an den Küchentisch.

Thomas setzte sich dazu. »Na, kleine Milli, hast du noch was auf dem Herzen?«

Milli nickte feierlich. »Ja, ich wollte dir einfach Danke sagen. Danke, dass du uns so geholfen hast.«

Onkel Thomas strich ihr liebevoll übers Haar und in Milli machte sich wieder dieses warme Gefühl breit.

»Es ist alles okay, kleine Milli. Ich habe euch gern geholfen, weil deine Mama und du mir ziemlich wichtig seid.« Er wurde ein bisschen rot.

Millis Herz klopfte vor Freude.

»Onkel Thomas, als das mit Joe passiert ist im See und du nicht mehr geglaubt hast, dass du wegen deinem Bein für uns da sein kannst, da haben Joe und ich gebetet, dass Gott dir wieder hilft, damit du das nicht mehr denken sollst.«

In Onkel Thomas Augen bildeten sich Tränen. »Das habt ihr beiden gemacht?«

Milli nickte. »Und dann hat Mama ihren Fuß verletzt und du hast uns geholfen. Und dann war da der Brand …«

Milli bekam immer noch eine Gänsehaut, wenn sie daran dachte, dass Mama dort hilflos im Lager gelegen hatte und das Feuer ausbrach.

»Und du bist gekommen und hast Mama geholfen und das Feuer gelöscht. Und dann hast du den ganzen Kiosk renoviert.«

Onkel Thomas winkte ab. »Ach, ihr habt ja alle mitgeholfen.«

Er blieb einen Moment lang still, dann fuhr er fort: »Aber du hast recht, ich war ganz schön dumm, als das mit Joe passierte, zu meinen, ich könnte nichts, nur wegen meinem fehlenden Bein. Und Gott hat mir eine ganz schöne Lektion erteilt dank deiner und Joes Gebete, da hast du recht. Und weißt du, ich habe gemerkt, dass, wenn man einiges nicht kann, Gott einem die Kraft gibt und hilft.«

Milli nickte. Ja, schließlich hatten sie es alle geschafft, den Kiosk in ein paar Tagen von einem Schrotthaufen in einen tollen Verkaufsraum umzuwandeln.

Thomas legte seine Hand auf Millis rechte Hand. »Und weißt du, kleine Milli. Ich glaube, ich könnte auch weiter auf dich und deine Mama aufpassen, würdest du das wollen?«

Milli schluckte und nickte. »Ja, das würde ich sehr gern wollen.«

Onkel Thomas stand auf und umarmte Milli. Als sie Onkel Thomas' Arme um sich spürte, wusste sie, dass ihr nichts passieren konnte, denn er war so stark. Milli hatte keine Angst mehr und das machte sie glücklich.

Als sie mit den Schüsseln unten im Kiosk ankamen, blieb Milli einen Augenblick in der Lagertür stehen und beobachtete die Gäste.

Frederike saß mit ihren Töchtern über einem Blatt Papier und schrieb eine Liste für ihre Arbeitseinsätze hier im Kiosk.

Oma unterhielt sich mit Kamilah und lachte. Joe und Sassan diskutierten über Fußball und Thomas lächelte ihrer Mama verliebt zu, als er ihr eine kleine Schüssel mit Nachtisch gab.

Milli war so glücklich. Gott hatte aus all dem Schlimmen, was passiert war, etwas ganz Tolles gemacht.